Grise-Vallée | Journal scolaire | Tome 7

Le Globe perdu

Du même auteur

S'amuser au masculin, Les Intouchables, 2008.

L'Opération Passe-Partout, Trécarré, 2007.

Les Saisons du parc Belmont, Libre Expression, 2005.

Boycott, Les Intouchables, 2003.

Le Cratère, tome 1, *Le Cristal qui pousse*, Trécarré, 2009.

Le Cratère, tome 2, *Les Photos impossibles,* Trécarré, 2009.

Le Cratère, tome 3, *La Tache des cauchemars*, Trécarré, 2010.

Le Cratère, tome 4, *L'Horoscope particulièrement précis*, Trécarré, 2010.

Le Cratère, tome 5, *Le Gorille que l'on croyait disparu*, Trécarré, 2011.

Le Cratère, tome 6, *Les Oiseaux électroniques,* Trécarré, 2011.

LE CRATÈRE

Grise-Vallée | Journal scolaire | Tome 7

Le Globe perdu

STEVE PROULX

TRÉCARRÉ
Une compagnie de Quebecor Media

Catalogage avant publication de Bibliothèque et Archives nationales du Québec et Bibliothèque et Archives Canada

Proulx, Steve, 1977-

Le Cratère

Sommaire: t. 7. Le globe perdu.
Pour les jeunes de 12 ans et plus.

ISBN 978-2-89568-476-3 (v. 7)

I. Titre. II. Titre: Le globe perdu.

PS8631.R682C72 2009   jC843'.6   C2009-941604-2
PS9631.R682C72 2009

Édition: Miléna Stojanac
Révision linguistique: Annie Goulet
Correction d'épreuves: Violaine Ducharme
Couverture et grille graphique intérieure: Chantal Boyer
Mise en pages: Clémence Beaudoin
Illustration de la couverture: Pascal Colpron

Cet ouvrage est une œuvre de fiction; toute ressemblance avec des personnes ou des faits réels n'est que pure coïncidence.

Remerciements
Les Éditions du Trécarré reconnaissent l'aide financière du gouvernement du Canada par l'entremise du Fonds du livre du Canada pour leurs activités d'édition. Nous remercions le Conseil des Arts du Canada et la Société de développement des entreprises culturelles du Québec (SODEC) du soutien accordé à notre programme de publication. Gouvernement du Québec – Programme de crédit d'impôt pour l'édition de livres – gestion SODEC.

Les Éditions du Trécarré
Groupe Librex inc.
Une compagnie de Quebecor Media
La Tourelle
1055, boul. René-Lévesque Est
Bureau 800
Montréal (Québec) H2L 4S5
Tél.: 514 849-5259
Téléc.: 514 849-1388
www.edtrecarre.com

Dépôt légal – Bibliothèque et Archives nationales du Québec et Bibliothèque et Archives Canada, 2012

ISBN: 978-2-89568-476-3

Distribution au Canada
Messageries ADP
2315, rue de la Province
Longueuil (Québec) J4G 1G4
Tél.: 450 640-1234
Sans frais: 1 800 771-3022
www.messageries-adp.com

Diffusion hors Canada
Interforum
Immeuble Paryseine
3, allée de la Seine
F-94854 Ivry-sur-Seine Cedex
Tél.: 33 (0)1 49 59 10 10
www.interforum.fr

À Camille
et à toutes les émotions
que tu m'as apportées.

AVERTISSEMENT

Histoire d'éviter les ennuis, nos avocats nous ont demandé de vous dire que ce livre est une œuvre de fiction. Toute ressemblance avec des personnes connues ou des faits réels serait donc purement fortuite.

En résumé, tout est faux dans ce livre. Du premier mot jusqu'au dernier. Plusieurs événements relatés dans ces pages vous paraîtront trop étranges pour avoir été inventés. Or, ne vous fiez pas aux apparences.

Et surtout, sachez que l'auteur de ce roman n'a nullement été inspiré par une série d'incidents qui se seraient réellement déroulés, voilà quelques années, dans la petite ville où il a grandi.

Ce n'est vraiment, vraiment, vraiment pas le cas.

Juré craché : toute cette histoire est entièrement sortie de l'imagination débridée d'un écrivain doté de beaucoup trop de temps libre.

Mais si, malgré tout, un doute persiste dans votre esprit, si vous croyez qu'il y a du vrai dans ce que vous vous apprêtez à lire... de grâce, n'en parlez à personne.

Jamais.

Bon.

Nous revoilà tout au bout du plongeon, le corps plié vers l'avant, prêts à sauter dans une nouvelle aventure.

Où en étions-nous ?

Ah oui : la mère de Lili (Dorothée, de son prénom). On se souviendra qu'elle s'est fait kidnapper par les Hommes en beige. Elle pourrit toujours sur l'île de Titor, où la Dame la force à rédiger des horoscopes à l'intention de Lili.

La Dame. On ignore son prénom, d'ailleurs. Mais, est-ce *vraiment* important ? Certains lecteurs qui m'ont posé la question semblent trouver que oui. En ce qui me concerne, qu'elle s'appelle Chantal, Lucie ou Simone, cela ne change pas grand-chose au fond de l'histoire.

De toute façon, moins on en sait sur elle, mieux c'est.

La Dame réduit vite au silence ceux qui en savent trop. Dorothée n'est pas la première à tomber entre ses griffes. Bien d'autres ont subi le même sort avant elle. Prenons la vieille Jacinthe Bondier, la fille du regretté fondateur de l'usine de globes terrestres de Grise-Vallée. Elle a eu le malheur de découvrir un globe montrant l'emplacement de Titor et a payé cher sa curiosité. La Dame lui a offert deux choix : disparaître ou ne jamais sortir des limites de sa villa californienne très loin de la Californie.

Une autre vie gâchée par la Dame-sans-nom. Quand s'arrêtera-t-elle?

Pour être franc, je me fais du souci pour Simon et Lili. C'est dans ma nature de me faire du mauvais sang pour ceux que j'aime bien.

Enfin, pour l'instant, prenons une grande inspiration et sautons dans cette nouvelle histoire. *Plouf!*

On retrouve celle dont je vous parle depuis tantôt assise derrière son large bureau de marbre. La Dame a les mains posées à plat sur la surface froide et le regard fixe. Les portes de l'ascenseur donnant sur la pièce s'ouvrent.

Dorothée en sort.

Elle est prisonnière sur Titor depuis quelques mois seulement, mais elle a l'air d'avoir vieilli de dix ans. Le gris colonise sa chevelure. Elle a maigri. Et son teint, loin d'avoir profité du soleil et de la mer à proximité, est devenu aussi terne qu'une photo décolorée.

— Ah! Dorothée! Assoyez-vous, je vous prie. Vous êtes resplendissante aujourd'hui, dit la Dame sur un ton qui goûte le glaçage à gâteau en se levant pour l'accueillir.

Naturellement, Dorothée reste debout et grimace pour bien montrer à la Dame qu'elle se moque de ses compliments à la noix.

— Que me voulez-vous? demande-t-elle sèchement.

La Dame se rassoit sans faire cas de l'humeur massacrante de sa prisonnière.

— Vous vous souvenez, récemment, nous avons invité nos deux jeunes amis à choisir leur camp, commence-t-elle en balayant une poussière imaginaire sur la surface lisse de son bureau.

Dorothée s'en souvient très bien. Cela s'est passé sur la butte au Wallon, au début de l'hiver dernier. À l'aide d'oiseaux électroniques télécommandés, la Dame était entrée en contact avec Simon et Lili.

— Une saison s'est écoulée et nous n'avons toujours pas de nouvelles d'eux, continue la Dame. Vont-ils enfin décider d'abandonner les Diffuseurs et rejoindre la grande et belle famille des Hommes en beige ?

— Vous rêvez en couleur, lance Dorothée. Jamais Lili et Simon n'accepteront de travailler pour vous.

— Et pourquoi pas ? Vous avez bien accepté, vous...

— Vous plaisantez ? Vous m'avez forcée...

— Et puis ? Le résultat est le même. Vous êtes désormais dans mon camp. Vous êtes une Femme en beige à mon service. Croyez-vous que tous ceux qui m'obéissent le font de gaieté de cœur ? La plupart des Hommes en beige me servent parce qu'ils sont très conscients du sort que je leur réserve s'ils me trahissent.

Dorothée fixe la Dame d'un œil venimeux.

— Mis à part vous-même, y a-t-il quelqu'un sur cette planète qui vous aime ? dit-elle entre ses dents.

— Je vous en prie, Dorothée... Vous allez me gêner, lance la Dame en roulant des yeux comme si Dorothée venait de lui lancer des fleurs.

Dorothée a l'impression que plus elle insulte cette Dame de l'enfer, plus elle la met dans de bonnes dispositions.

— Mais revenons aux choses sérieuses. Dorothée, vous allez m'écrire un horoscope spécial à l'intention de Lili. Je veux qu'elle sache que j'entrerai en contact avec elle et Simon d'ici quelques jours. Alors, je leur redemanderai de se joindre à moi.

— Ils n'accepteront jamais.

— Je vous fais confiance, Dorothée. Soyez convaincante. Sinon...

— Sinon, *quoi* ? lance Dorothée, qui commence à perdre son sang-froid.

La Dame baisse les yeux et ramène ses mains sur ses genoux.

— Si Lili et Simon refusent mon offre, dit-elle après un moment de silence, je considérerai cela comme une déclaration de guerre.

① Le colis

2 h 42.

Du matin.

Lorsqu'on marche dans le brouillard, mieux vaut bien attacher ses souliers.

Bien qu'il soit encore à demi endormi, Martin Bieck arrive sans difficulté à lacer ses espadrilles. Ses doigts connaissent le geste par cœur. C'est drôle, à l'âge de cinq ans, apprendre à faire une boucle représente un défi quasi insurmontable. À quarante ans, on la réalise les doigts dans le nez. Enfin, façon de parler.

Cela dit, la plupart des gens lacent leurs chaussures de façon incorrecte. Faites le test : regardez les souliers des passants. Si la boucle est de travers, qu'elle n'est pas parallèle aux lacets, c'est un signe qu'elle est mal faite.

Corriger cette erreur courante est pourtant archisimple. Au moment d'amorcer la boucle, il suffit de passer le bout du lacet gauche par-dessus le droit, et non le contraire. On obtient ainsi une boucle bien droite et plus solide. Vous m'en donnerez des nouvelles.

Martin Bieck connaît le truc. Attacher ses souliers est tout de même la base de son métier.

Martin Bieck est facteur.

Une fois ses lacets noués, il se relève, s'étire les bras et enchaîne quelques flexions des genoux. Son échauffement habituel. Puis, il pousse la porte, met le nez dehors.

La nuit est fraîche et humide. L'herbe est mouillée. Le brouillard est une soupe aux pois particulièrement consistante. Le facteur a du mal à distinguer les lumières de Grise-Vallée, au bas de la pente.

Les cinq champs de maïs et la sapinière qui séparent sa maison du village représentent une promenade d'une trentaine de minutes. En marchant, il rejoue dans sa tête la conversation qu'il vient d'avoir avec sa femme.

La sonnerie de son cellulaire l'avait réveillé (ainsi que sa femme chérie) à 2 h 34 du matin. Martin Bieck avait pris l'appel, mais n'avait pas dit grand-chose. Il avait surtout écouté, avant de clore la communication par un « J'arrive ! ». Vous imaginez bien que sa Doris adorée n'allait pas s'en contenter. Assise en Indien dans le lit, l'index sur le bouton de la lampe de chevet, elle lui avait demandé : « C'était qui ? » « Mme Bondier veut me voir », s'était-il contenté de répondre en enfilant un pantalon par-dessus son pyjama. « À cette heure ? Cette vieille folle te veut en pleine nuit, maintenant ? » avait raillé sa femme. Ce à quoi il s'était empressé de rétorquer : « Cette vieille folle a payé ta piscine creusée, ne l'oublie pas. »

Le bec cloué, Doris avait éteint la lampe de chevet, puis était retournée sous les couvertures en grommelant quelque chose que Martin Bieck n'avait pas compris, mais qui ressemblait à «mmmmblggrrrr».

Doris n'a jamais vu d'un très bon œil la relation que son mari entretient avec la citoyenne la plus fortunée de Grise-Vallée. Jusqu'ici, elle n'avait pas véritablement de bonnes raisons de s'en faire. Les choses pourraient changer. Car jusqu'ici, Mme Bondier n'avait jamais fait venir Martin Bieck chez elle en pleine nuit.

Ce n'est pas normal.

Depuis environ deux ans, notre facteur joue les messagers particuliers au service de la richissime Jacinthe Bondier.

Ce petit boulot, il l'a décroché par le plus complet des hasards. Un matin qu'il livrait comme d'habitude le courrier chez la vieille dame, il la trouva au pas de sa porte. Elle l'attendait, enroulée dans un peignoir de soie. «Entrez, j'ai à vous parler», lui avait-elle dit.

Martin Bieck croyait qu'elle voulait se plaindre de courrier en retard. Aucunement. Ce jour-là, elle lui parla plutôt de ses «besoins particuliers» en matière d'envois postaux. Pour une raison que le facteur ne comprendra jamais tout à fait, Jacinthe Bondier refusait que ses lettres passent par le circuit postal. Elle voulait, en quelque sorte, son facteur personnel. Un homme de confiance à qui elle était prête à verser un «généreux

salaire » en échange duquel celui-ci s'enga-
geait à observer la plus haute discrétion.

Intrigué par l'offre (mais surtout par
le « généreux salaire »), Martin Bieck
avait accepté sur-le-champ. C'est alors
que Mme Bondier lui avait confié deux
enveloppes. La première était cachetée et
adressée simplement à « Lili et Simon, Via
Lattea ». L'autre n'était adressée à personne,
mais contenait cinq billets de cent dollars.

« C'est pour vous, lui avait dit Mme Bondier en notant l'étonnement de l'employé des
postes devant une telle somme d'argent.

— Mais, c'est trop... » avait répondu
Martin Bieck.

Et c'est ainsi qu'a commencé son aventure
en tant que facteur particulier d'une femme
riche et célèbre.

Sa mystérieuse cliente lui avait fait pro-
mettre que personne d'autre que lui ne mani-
pulerait ses envois. Aucun collègue facteur,
aucun commis du centre de tri du Service des
postes. Pas même sa femme.

Jusqu'ici, Martin Bieck avait tenu promesse. Aussi, dès le moment où Mme Bondier
lui confiait une lettre, le facteur la conser-
vait dans sa poche jusqu'au moment de sa
livraison. Pour la nuit, il avait inventé un système ingénieux. À l'aide d'un ruban adhésif,
il collait l'enveloppe sur sa poitrine velue.
De cette manière, si quelqu'un avait voulu
la lui dérober pendant son sommeil, il aurait
été forcé de retirer le ruban. Cela lui aurait

arraché des poils et l'aurait réveillé aussitôt. Pas bête.

Vous imaginez bien la réaction de sa Doris adorée lorsqu'elle a vu pour la première fois son mari se glisser sous les couvertures avec une enveloppe scotchée sur le torse. À ses questions pressantes, Martin Bieck avait seulement répondu : « C'est ce qui va te payer ta piscine creusée. »

Il n'avait pas menti. Après une dizaine de « livraisons spéciales », le facteur a pu effectuer les premiers paiements mensuels pour l'installation d'une toute nouvelle piscine creusée. Sa femme n'a jamais su exactement de quelle façon son mari avait obtenu cet argent. Cela ne l'a toutefois pas empêchée de profiter de la piscine.

Martin Bieck lui avait seulement dit : « Remercie Mme Bondier. »

En atteignant le boulevard Désirable à Grise-Vallée, il se demande quand même ce qui l'attend. Pourquoi Jacinthe Bondier le fait-elle venir en plein cœur de la nuit ?

Ce n'est pas normal.

Il prend à droite sur la rue des Riches et arrive enfin à la villa californienne très loin de la Californie de Mme Bondier. Il y a de la lumière dans les fenêtres. Il stoppe devant le portail en fer qui bloque l'accès à l'entrée et appuie sur la sonnette. Aucune réponse. D'ordinaire, les portes s'ouvrent automatiquement pour lui permettre d'atteindre la boîte aux lettres.

Au bout d'une minute d'attente, il distingue dans l'obscurité humide une ombre qui avance vers lui. Une ombre épousant les contours d'un homme de forte stature, muni d'une canne. Quelques secondes plus tard, un type qu'il n'a jamais vu apparaît sous la lumière d'un réverbère. Il a tout d'un vieux rocker, avec ses cheveux longs noués en queue de cheval. Peut-être s'agit-il du garde du corps de Jacinthe Bondier ? Cela dit, un détail pour le moins étrange n'échappe pas au facteur : il porte des lunettes de soleil. En pleine nuit. En plein brouillard.

Ce n'est *vraiment* pas normal.

— Merci d'être venu, lui dit l'homme d'une voix enrouée.

Il entrouvre alors le portail, juste assez pour y passer une boîte blanche de taille moyenne.

— Voici un colis, continue l'inconnu.

— Mme Bondier n'est pas là ? demande Martin Bieck.

— Mme Bondier ne va pas très bien, se contente-t-il de répondre.

— Rien de grave ?

L'homme ne répond pas.

— Ce colis doit être livré le plus tôt possible, aux mêmes destinataires que d'habitude.

L'homme aux lunettes de soleil tire ensuite une enveloppe de la poche intérieure de sa veste de cuir. Il la tend au facteur.

— Et voici vos honoraires.

En saisissant l'enveloppe, Martin Bieck constate qu'elle est plus lourde que d'ordinaire. Mme Bondier, consciente qu'elle l'a réveillé en pleine nuit, lui aurait-elle versé un salaire encore plus « généreux » ? Discrètement, il glisse un œil à l'intérieur et découvre une épaisse liasse d'argent liquide (en papier). Il doit y avoir plus d'une centaine de billets de banque. Des billets bruns. Qu'on ne trouve que dans le porte-monnaie des gens riches. Des billets de cent dollars.

— C'est... c'est beaucoup trop ! lance Martin Bieck en relevant la tête.

Mais l'homme aux lunettes de soleil est déjà retourné à la villa, laissant le facteur avec son colis et son salaire plus que généreux. Dans l'enveloppe se trouve aussi une note écrite à la main.

Monsieur Bieck,

Je vous remercie de vos loyaux services.

Ce paquet sera ma dernière commande. Je suis sûre que je peux compter sur votre professionnalisme afin que la livraison se fasse sans anicroche.

Amitiés,
J. Bondier.

« Anicroche... » Martin Bieck n'a jamais entendu ce mot, mais il comprend son sens. D'ici à ce qu'il soit livré en mains propres, il ne doit laisser personne s'approcher de ce colis.

Il retourne la boîte dans ses mains. Que peut-elle contenir ? Il l'ignore. Mais vraiment.

Il s'agit d'un colis à peine plus grand qu'une boîte à souliers, et plutôt léger. Ce n'est certainement pas une boule de quilles, ni un dictionnaire. Alors, quoi ? Une chose est sûre : on ne paye pas un facteur des milliers de dollars pour livrer « sans anicroche » un paquet ne contenant qu'une babiole dégotée au Temple du dollar.

Cette boîte renferme peut-être un trésor.

Pendant une seconde, Martin Bieck est tenté de l'ouvrir. Proprement. Ce serait si facile. Avec un peu de vapeur, il pourrait faire décoller le ruban adhésif, soulever un des rabats et jeter un coup d'œil à l'intérieur.

Un inoffensif coup d'œil. Pour satisfaire sa curiosité. Qui sait si cette boîte ne cache pas un diamant gros comme un pamplemousse ?

Martin Bieck marche en serrant le paquet contre sa poitrine. Il sue à grosses gouttes, et ce n'est pas à cause de la température extérieure. Ce curieux colis l'obsède. Il regarde autour pour s'assurer que personne ne le suit. Bien sûr que non. Dans ce brouillard, en pleine nuit, personne ne peut le voir.

Il est invisible.

Il ne peut s'empêcher de penser que seuls quelques misérables millimètres de carton le séparent du contenu de cette boîte. Il s'éponge le front avec la manche de sa veste. Il regarde encore autour. Et si cette boîte contenait un truc de grande valeur? Un truc à un million de dollars? Martin Bieck s'imagine ce qu'il ferait avec une telle somme. Il achèterait une petite maison sur une île des Antilles, loin de Grise-Vallée. Une coquette cabine, plantée directement sur la plage. Et lui et sa Doris adorée passeraient le restant de leurs jours à manger des papayes en se faisant dorer le nombril.

Le facteur regarde à nouveau derrière lui. Toujours pas un chat.

Une petite voix dans sa tête lui rappelle toutefois la promesse qu'il a faite à Mme Bondier : « La vieille te fait confiance... » lui souffle-t-elle. C'est alors qu'une autre voix, plus costaude, surgit. Et, sans avertir, elle assène un solide coup de poing dans le ventre de la petite voix. Celle-ci s'effondre sur ses genoux, cherchant à reprendre son souffle. La grosse voix dans la tête de Martin Bieck en profite pour lui dire : « La vieille Bondier, tu ne la reverras plus jamais, vieux. Allez... Personne ne le saura ! »

En entendant ces mots, le facteur s'immobilise au milieu d'une rue déserte et regarde son paquet. Longuement.

Est-ce l'humidité de cette nuit brumeuse ou l'effet de la sueur qui lui trempe le corps ? Toujours est-il que Martin Bieck remarque que, sur un des rabats de la boîte, le ruban adhésif décolle.

② Bulletin spécial

Le lendemain.
Vers midi.
À noter : certaines personnes meurent plus bruyamment que d'autres.

 Si les oiseaux ne parlent pas, c'est sans doute parce que, la plupart du temps, ils n'ont rien à dire. Aussi, si jamais un oiseau vous adresse la parole, écoutez-le attentivement.

Les Béliers qui ont consulté leur horoscope dans le journal de ce matin ont dû sérieusement se gratter le coco devant cet énigmatique paragraphe. Il n'y a rien à comprendre. À moins, bien sûr, de s'appeler Lili Piccione.

Assise en Indien au milieu de son lit, elle fixe la page du journal. Son incroyable sens de la déduction a bien sûr tout deviné. Les « oiseaux » de son horoscope, ce sont ces sinistres urubus électroniques qui s'étaient adressés à eux sur la butte au Wallon.

Lili croyait qu'elle n'aurait plus jamais affaire à ces robots à plumes importés des ténèbres.

Si elle en croit son horoscope (qui se trompe rarement), il semble que ce ne soit pas le cas. Bientôt, un oiseau de Titor leur parlera, à elle et Simon.

Avec tout ça, Lili n'a pas vu l'heure filer. Déjà presque 9 heures. Une autre journée d'école l'attend.

Elle abandonne son journal, se lève, quitte sa chambre et descend au Via Lattea.

Une ambiance inhabituelle règne au café-crémerie de son père. Une petite foule de clients est agglutinée autour du téléviseur suspendu au-dessus du comptoir. Que se passe-t-il?

Ce n'est pas normal.

Personne ne regarde jamais la télé, d'ordinaire, sauf lors du bulletin météo ou du compte rendu du match de hockey de la veille.

En se frayant un chemin parmi la clientèle, Lili parvient à s'approcher suffisamment du téléviseur. Elle découvre alors ce qui attire les gens comme des mouettes autour d'une pointe de pizza.

À l'écran, Julien Broutille, reporter vedette de Canal 5, commente un événement. Un bandeau indiquant « Bulletin spécial » défile au bas de l'écran.

BROUTILLE: «... On attend encore le point de presse qui devrait se tenir vers 13 heures. On devrait alors en savoir plus sur la cause du décès, mais pour l'instant, la thèse du meurtre n'est pas écartée... »

— Qui est mort? demande Lili en s'adressant à n'importe qui.

— La vieille Bondier, répond un représentant de l'âge d'or accoudé au comptoir.

— MME BONDIER EST MORTE? crie-t-elle.

— CHUUUT! lui répond-on.

À la télé, le reporter continue.

BROUTILLE : « Rappelons que Mme Jacinthe Bondier était la fille de l'industriel Jean-Antoine Bondier. Ce dernier est, comme on le sait, le fondateur de l'usine de globes terrestres qui est au cœur de l'économie de cette municipalité de sept mille habitants. »

L'animatrice du bulletin spécial apparaît à l'écran. De son studio, elle questionne son journaliste sur le terrain.

ANIMATRICE : « Julien, êtes-vous parvenu à recueillir des témoignages de gens à Grise-Vallée qui ont connu Mme Bondier ? »

BROUTILLE : « Très peu d'information, Marie-Anne. La plupart de ceux que nous avons interrogés ce matin nous ont dit que Mme Bondier était une femme extrêmement secrète. Elle restait enfermée dans sa villa depuis plusieurs années. Cela dit, on nous a confié que cette triste disparition pourrait attirer à Grise-Vallée de nombreux curieux. Pour quelle raison? Pour la collection de globes terrestres que J.-A. Bondier a léguée à sa fille. Cette collection, a-t-on appris, serait la plus importante au monde. On prévoit qu'une vente aux enchères aura lieu au cours des prochains jours, ce qui devrait attirer ici plusieurs collectionneurs. Je vous laisse entendre M. Auffwarion, un antiquaire de Grise-Vallée spécialisé dans les globes terrestres. »

La caméra montre alors un petit homme au fort accent allemand.

AUFFWARION : « ... On penze qu'il ze trouve dans zette collection des globes ayant appartenu à des perzonnes zélèbres... »

S'il faut une allure particulière pour devenir antiquaire, ce M. Auffwarion en est assurément un : aucun poil sur le dessus du crâne, des lunettes circulaires et une barbichette de dix centimètres de longueur. Il enchaîne.

AUFFWARION : « On trouverait auzzi dans zette collection des globes très anziens. Des globes zculptés sur des œufs d'autruche. Et auzzi un globe en pierres prézieuses. M. Bondier avait fait conzevoir ze globe pour lui-même. Za fille l'a toujours conzervé...

BROUTILLE : « Allez-vous acheter un globe ? »

AUFFWARION : « J'ezpère en avoir les moyens ! »

Le bulletin spécial se poursuit tandis qu'au Via Lattea, tout le monde semble avoir sa petite opinion concernant la mort subite de Jacinthe Bondier.

— Il paraît qu'elle prenait beaucoup de médicaments, dit un client.

— Moi, je dis que ce sont ces satanés pesticides sur les fruits qui l'ont tuée, ajoute un deuxième. Surtout que j'ai entendu dire qu'elle ne mangeait que des fruits...

— Elle était malheureuse, déclare un autre. À mon avis, elle est mieux là où elle est.

Lili demeure silencieuse, le regard accroché à l'écran du téléviseur. Sans que personne autour le soupçonne, elle est sans doute celle qui en connaît le plus à propos de cette énigmatique Mme Bondier.

Lili sait que Jacinthe Bondier ne mangeait pas que des fruits, qu'elle ne prenait pas de médicaments. Elle sait aussi pourquoi elle était si secrète.

Elle ne l'a rencontrée qu'une seule fois, et dans des circonstances pour le moins étranges. Vous vous en souvenez sûrement[1]. Laurence et elle s'étaient rendues à sa villa californienne très loin de la Californie afin d'interviewer l'oncle Victor, jardinier de Mme Bondier. C'est en cherchant les toilettes que Lili est tombée « par hasard » sur celle dont on parle aujourd'hui à la télé.

La vieille femme, seule dans son bureau, l'attendait. Ce jour-là, Lili avait découvert que Jacinthe Bondier n'était pas seulement l'héritière d'un empire du globe terrestre. Elle avait aussi hérité d'un gros morceau du plus grand secret du monde. Un globe.

---

[1] Si vous ne vous en souvenez pas, relisez donc le tome 4, *L'Horoscope particulièrement précis*. Tout est là.

Un globe montrant l'île de Titor. L'île de tous les secrets. L'île des Hommes en beige. L'île où se trouve sa mère.

Et comment oublier le rôle qu'a joué Mme Bondier dans la disparition de Charles Fortan? Si l'ex-journaliste de la décennie (et ex-Homme en beige) n'a pas le cerveau en marmelade aujourd'hui, c'est parce que Jacinthe Bondier lui a permis de se cacher dans son abri nucléaire. Il y est toujours, d'ailleurs.

Poutine! Charles Fortan... Est-ce qu'il sait? pense soudainement Lili.

Alors que les images de la villa de Mme Bondier se succèdent à l'écran, Lili commence à croire que la mort de cette vieille femme n'est pas un hasard. Ce décès, plus son horoscope de ce matin. Tout cela sent fort l'Homme en beige.

— LILI! Tu es là? Jé croyais qué tu étais déjà à l'école!

La voix de son père sort Lili de ses réflexions. Vito est près de la porte du Via Lattea et s'affaire à coller une affichette dans la vitre.

— Je partais, lui répond-elle en reprenant son sac et en se dirigeant vers la sortie.

Arrivée près de la porte, Lili remarque que l'affichette de son père est une offre d'emploi. Eh oui, avec le bébé qui s'en vient et Lili qui partira pour le collège l'automne prochain, Vito a jugé que le temps était venu d'engager du personnel. Il ne peut plus tenir le fort à lui seul. Travailler sept jours par semaine, c'est trop. Il s'est donc résolu à chercher un(e) employé(e) pour lui donner un coup de main.

— Attends un peu, dit Vito en accrochant Lili par le bras. Puisque tu es là, peux-tu rélire mon annonce et mé dire s'il y a des erreurs?

Lili se penche pour consulter l'offre d'emploi, qui se lit comme suit :

SERVEUSE DEMANDER
Pour une poste à tant partiel
au Via Lattea.
Salière à discuté selon l'expérience.
Les personne intéressé peuvent
déposer leur candidature au
comptoir du Via Lattea.

Le français n'est ni la langue maternelle, ni la langue paternelle de Vito. Les erreurs d'orthographe et de grammaire que contient son offre d'emploi en sont la preuve criante. Si vous avez envie de la corriger, allez-y. En ce qui concerne Lili, le temps file toujours et l'école ne l'attendra pas pour commencer. Alors, soit elle se lance dans la correction de cette catastrophe écrite, soit...

— Ça me semble OK, ment-elle. Mais faut vraiment que je parte, là...

— Super! dit Vito en se relevant. À cé soir, ma chérie...

Puis, au moment où Vito s'apprête à retourner derrière son comptoir, une chose lui revient en mémoire.

— J'oubliais, dit-il. Lé facteur est vénu tantôt. Il avait un colis pour toi. Jé lui ai dit que tu étais déjà partie pour l'école... D'ailleurs, pourquoi tu n'es pas déjà à l'école?

③ 926 boîtes

Qu'on lui demande l'heure ou pas,
l'horloge indique midi quand même.
Ça, c'est du service.

Lorsqu'on est condamné à dévisager les
murs d'un bunker jusqu'à la fin de ses jours,
on tue le temps comme on peut. Au début,
Charles s'amusait à viser une cible avec
un vieil élastique. Mais il a fini par briser
l'élastique. Alors, il s'est exercé à marcher en
équilibre sur les mains. Mais il s'est foulé le
poignet.

Désormais, tous les midis, Charles
Fortan s'amuse avec sa nourriture.

Je vous explique : il a décidé que chacun
de ses repas serait une surprise. Une surprise, oui. Alors, quand l'horloge indique
midi, il se lève et se dirige vers les étagères
contenant ses réserves de bouffe déshydratée. Puis, il se cache les yeux de la main.
À l'aveugle, il circule ainsi parmi les rangées
jusqu'à ce qu'il se décide à saisir une boîte de
sa main libre. N'importe laquelle.

C'est ça, la surprise.

Il étire le suspense jusqu'à ne pas lire l'éti-
quette de sa ration quotidienne avant de se
mettre à table.

Bon, la plupart du temps, les mets qu'il est
forcé d'ingérer sont – côté goût – de mauvaises

surprises. Peu importe. Juste le fait d'ignorer ce qu'il mangera l'excite presque un peu. Ce qui est déjà beaucoup considérant son existence, aussi prévisible que celle d'un caillou au fond d'un aquarium vide.

Charles tire sa chaise et dépose la boîte rectangulaire sur la table devant lui. Que mangera-t-il aujourd'hui? Du bœuf bourguignon gélatineux? Le pire jambon à la moutarde de l'univers? Des cannellonis à faire mourir de honte l'Italie tout entière?

Un rien impatient, il déchire le dessus de sa boîte et la renverse sur la table. Une pochette gris métallique grande comme la main en tombe. Son contenu est inscrit en français et en anglais sur ses deux faces: Poulet à la king/Chicken à la king.

Charles grimace. C'est ce qu'il a mangé hier. Parfois, le hasard fait mal les choses.

Le reste de la boîte n'est pas plus appétissant: un sachet de crème de champignons déshydratée, du café et du jus d'orange en poudre, un misérable gâteau à l'érable desséché, des craquelins, une décevante compote aux framboises, du sucre, du sel, du poivre, des ustensiles en plastique et une serviette humide.

C'est tout ce qu'il mangera aujourd'hui. À l'exception des ustensiles et de la serviette humide, bien entendu... même si certains jours la faim les rend presque tentants.

Charles fait réchauffer son poulet à la king à l'aide de son réchaud au gaz.

Une fois son repas terminé, il remettra les sachets vides dans la boîte. Puis, il lancera sa boîte sur son tas : un amas de toutes les boîtes qu'il a vidées jusqu'ici.

C'est son dépotoir intime, qui grandit chaque jour. Avec le temps, il s'y est attaché, à ce tas. Qui se ressemble s'assemble, dit-on. Il est vrai que, de temps en temps, Charles se sent aussi important qu'une ordure au fond d'un site d'enfouissement.

Charles fixe l'amas de boîtes en masti-quant mollement son poulet, qui sous la dent a la texture d'une limace (ainsi qu'un léger goût de matières fécales).

— Merde... Depuis combien de temps je suis ici ? dit-il tout haut.

Ne vous étonnez pas : Charles pense de plus en plus à voix haute. Aussitôt qu'il s'éveille, il se met à grommeler toutes les idées qui lui traversent l'esprit. Il ne cesse qu'au moment de s'endormir.

Personne ne lui répond jamais, mais j'imagine qu'entendre une voix humaine le réconforte.

Aujourd'hui, il réalise que sa montagne de carton est à peu près la seule preuve du temps qui passe. Combien de jours se sont-ils écoulés depuis qu'il s'est emmuré dans ce trou ? Le tas connaît la réponse.

— Et si je les comptais ?

Il avale la dernière bouchée de son ignoble poulet, puis avance vers la mon-tagne en s'essuyant les lèvres avec la manche de sa chemise poisseuse. Le tas a presque atteint sa hauteur. Charles choisit la boîte du sommet et la jette derrière son épaule.

— Et de une...

Et c'est ainsi qu'il se met à faire le compte de son accumulation de boîtes vides. Deux, trois, quatre, cinq... Rendu à cent boîtes, il constate que la pile n'a pratiquement pas fondu.

— DEPUIS COMBIEN DE TEMPS JE SUIS ICI ?! crie-t-il dans le néant.

Cent une, cent deux, cent trois, cent quatre... Deux cents.

Il parvient assez rapidement au chiffre magique de 365. Trois cent soixante-cinq boîtes vides. Une boîte par jour. Trois cent soixante-cinq jours. Un an. Et il lui reste encore plus de la moitié de la pile à dénombrer.

366, 367, 368, 369...

Charles fait pour la première fois le comptage de ces journées passées dans ce trou. Des journées dont le seul trait distinctif se trouve dans ces sachets de bouffe dégueulasse. Une journée de *Boulettes de viande en sauce* dégueulasse. Une journée de *Chili con carne* dégueulasse. Une journée de *Saucisses et patates brunes* dégueulasses. Exception faite de cette variété de «mets», aucun événement notable n'a marqué son existence depuis... depuis...

Depuis 926 boîtes.

Un calcul rapide : sachant que Charles mange une boîte par jour, on peut donc en conclure qu'il pourrit dans son abri antinucléaire depuis deux ans et sept mois. C'est donc dire qu'il a passé 5 % de son existence sous terre. Si vous êtes forts en maths, vous pourrez certainement trouver l'âge qu'il a aujourd'hui.

Charles songe à ce qu'il a manqué au cours de ces deux années.

Comment le monde tourne-t-il, là-haut? Ses anciens alliés, les Hommes en beige, sont-ils toujours à sa recherche? Peut-être savent-ils déjà où il se terre, mais estiment-ils que de le laisser croupir dans cette prison est une punition convenable pour un traître tel que lui...

Et Simon et Lili? Que sont-ils devenus? Selon ses calculs, ils seraient âgés de seize ans, bientôt dix-sept. D'ici quelques centaines de boîtes à peine, ils auront atteint leur majorité.

Charles leur écrit le plus souvent possible. Ses lettres arrivent-elles à destination? Il l'ignore. Il les glisse sous la porte de son bunker. Un assistant de Mme Bondier passe de temps à autre les récupérer. Mais sont-elles envoyées par la poste? Sans doute. Et parviennent-elles à Simon et Lili? Si ça se trouve, ils ont déménagé. Ils pourraient même être morts. Il n'en a pas la moindre idée. Toutes ces heures passées à leur écrire ont-elles été inutiles?

Charles jette un œil aux boîtes qu'il a en réserve. Ce bunker a été conçu pour nourrir cinq cents personnes pendant un mois. Un autre calcul simple nous permet de conclure qu'il y a dans cette prison suffisamment de vivres pour alimenter une personne pendant cinq cents mois.

Cinq cents mois... c'est presque quarante-deux ans. Il lui reste donc encore environ trente-neuf ans de ravitaillement. De quoi tenir jusqu'à l'âge vénérable de quatre-vingt-dix ans.

— Jamais je mangerais de cette bouffe jusqu'à quatre-vingt-dix ans !

Remarquez, Charles Fortan n'est pas forcé de s'imposer ce régime jusqu'à ce qu'il soit ridé comme une vieille carotte.

— Je pourrais sortir, se dit-il en regardant les deux portes près de la table.

Il pourrait, en effet. Il pourrait ouvrir l'une ou l'autre de ces portes. Dans un cas, il remonterait le tunnel jusqu'au sous-sol de l'église. Dans l'autre, il aboutirait dans le bureau de Jacinthe Bondier. Il pourrait ensuite sortir, plisser les yeux sous la lumière du jour, humer l'air frais de ce début de printemps...

Combien de temps pourrait-il circuler dans le monde libre avant que les Hommes en beige lui mettent le grappin dessus ? Peut-être un mois.

— Peut-être un an... murmure-t-il.

Peu importe. Tôt ou tard, ILS le retrouveraient. Et ILS feraient de son cerveau une belle crème de champignons. Après quoi il n'arriverait même plus à reconnaître les lettres dans sa soupe alphabet.

Vous vous imaginez que c'est la première fois que Charles Fortan songe à quitter son trou? Absolument pas. Mille projets d'évasion l'obsèdent. Parfois, il ne s'entend plus parler tout seul tant ses pensées sont bruyantes.

En ce moment même, ces pensées hurlantes l'empêchent d'entendre que, depuis dix minutes, quelqu'un frappe à la porte de son bunker.

Et ce quelqu'un frappe de plus en plus fort...

PAM! PAM! PAM!

Il croit d'abord à une hallucination. Mais non.

PAM! PAM! PAM!

Chaque coup résonne dans les étagères de métal. Charles doit se rendre à l'évidence: ce visiteur ne se contente pas de frapper comme on frapperait à la porte d'un ami. Il tente de la défoncer!

— C'est l'heure. C'est l'heure. C'est là, en ce moment, se dit-il. ILS viennent me chercher. C'est l'heure...

Déterminé à ne pas se laisser prendre sans se défendre, il saisit une chaise et s'en sert comme bouclier. Pendant ce temps...

PAM! PAM! CRAAAAAK!

Le loquet de la porte cède sous les coups. Elle s'ouvre en grinçant, et c'est alors que Charles entend une voix. Pas la sienne. Pas celle d'un Homme en beige. Celle d'un grand type debout dans le cadre, une canne à la main.

— Charles Fortan ? dit l'homme aux lunettes de soleil.

— Qui êtes-vous ?

— Qui je suis n'a aucune importance. Mais vous, vous êtes bien Charles Fortan ? Je ne vous reconnais plus.

— C'est moi.

— Vous n'êtes pas beau à voir...

C'est la vérité. Charles Fortan est misérable. Ses bras sont si maigres qu'ils ressemblent à des pattes d'insecte. Sa barbe et ses cheveux ont poussé. Il est aussi pâle que du mélange à crêpes. Il tient toujours sa chaise pour menacer son visiteur.

— Gardez votre chaise, Charles, reprend l'homme aux lunettes de soleil sur un ton confiant. Nous en aurons besoin. Assoyons-nous, j'ai à vous parler.

— Mais qui êtes-vous, à la fin ?

— Assoyons-nous...

④ L'héritage

Ce midi-là, au local A-112.
Quand un mort vous fait un cadeau, cela se nomme un héritage.

Devant l'ordinateur, Éric-François Rouquin s'étire sur sa chaise à roulettes, qui se met à couiner. Non loin de lui, écrasé dans un fauteuil, Yann Dioz feuillette une édition du magazine *Ça fait rire* en ricanant par moments. C'est là qu'il doit puiser ses excellentes blagues. D'ailleurs, ne serions-nous pas mûrs pour une bonne ?

— Celle-ci est excellente ! lance-t-il justement. Comment appelle-t-on un chien qui n'a pas de pattes ? On ne l'appelle pas, on va le chercher ! Ah ! Ah !

Éric-François n'a manifestement pas entendu (ou pas voulu entendre) cet humour de haute voltige.

Autour de la grande table, Kim Laurence et Laurence Kim ne réagissent pas non plus. Nos deux jumelles-inversées-mais-de-noms-seulement s'envoient des textos.

— T'as reçu le mien ? dit Laurence.

— J'ai reçu le tien, répond Kim. Toi, t'as reçu le mien ?

— J'ai reçu le tien.

Et c'est ainsi depuis une bonne dizaine de minutes.

À ce qui devrait être une réunion de rédaction du *Cratère*, il ne manque que Simon et Lili. Ils arrivent au local au moment où j'écris ces lignes.

L'air préoccupé, Lili entre sans dire bonjour et s'installe à la table. Elle n'a pas cessé de penser à Mme Bondier de la matinée.

— Bon... euh... Est-ce que tout le monde a un sujet pour le prochain numéro du journal? demande-t-elle sans grande conviction.

— J'en ai un! lance immédiatement Laurence. Et voici le titre: «Qu'est-ce qui se cache dans ce MYSTÉRIEUX colis?»

Laurence pointe le doigt vers une boîte blanche de taille moyenne posée au centre de la table. En la saisissant, Lili découvre qu'elle est adressée à elle et à Simon.

— Ah oui... Ça m'était sorti de la tête, dit-elle. Mon père m'a dit ce matin que le facteur était passé au Via Lattea pour me livrer un paquet. Il l'a livré ici, en fin de compte.

— Alors, tu l'ouvres, cette boîte? s'impatiente Laurence de l'autre côté de la table.

Éric-François s'approche à son tour. Même Yann Dioz a laissé tomber son magazine pour voir ça. Pas de doute, cette boîte suscite la curiosité au local A-112.

Avec l'ongle de son pouce, Lili coupe le ruban adhésif sur le rabat, ouvre le paquet, retire quelques feuilles de soie chiffonnées. Puis, elle sort un globe.

— Un globe? C'est de qui? demande Kim.

— Je ne vois pas... répond Lili.

— Il y a une note qui l'accompagne, fait Simon en fouillant le fond de la boîte.

Chers Simon et Lili,
Voici un présent en souvenir de moi...
Adieu,
Mme Bondier

— Mme Bondier? Celle qui est morte cette nuit? s'étonne Yann Dioz.

Évidemment, la nouvelle s'est répandue à Grise-Vallée aussi vite que la sueur sur le t-shirt d'un gros joggeur.

— Un cadeau d'une morte... C'est EX-CI-TANT! fait Laurence en se frottant les mains.

— Mais... pourquoi Mme Bondier vous envoie-t-elle un globe, je veux dire, à vous deux?

— Poutine! J'en ai aucune espèce d'idée! fait Lili en tentant du mieux qu'elle peut de prendre un air innocent.

Car Lili se doute bien que Mme Bondier ne leur a pas envoyé N'IMPORTE QUEL globe en guise de cadeau d'adieu. Non. Ce globe ne peut qu'être celui qui montre l'emplacement de l'île de Titor.

Bien entendu, pas question d'en parler ici, au local A-112, devant tout le monde.

— On n'envoie pas des globes comme ça aux gens, sans raison! persiste Éric-François, qui semble trouver ce présent bien étrange.

Je vous rappelle au passage que le jeune homme signe la chronique *Bizarre! Bizarre!*

dans *Le Cratère*. Les étrangetés, c'est son département.

Simon prend le globe dans ses mains et l'ausculte sous tous ses angles. Il est en métal et doit dater d'environ un certain nombre d'années (peut-être davantage).

— En tout cas, c'était au temps où la Russie s'appelait encore l'Union soviétique... note Simon.

— Ouah! Alors, c'est une antiquité! s'étonne Laurence. À ton avis, il a combien? Cent, deux cents ans?

J'imagine que notre échalote devait être en train d'admirer sa manucure le jour où le prof d'histoire a parlé de l'effondrement du régime communiste en Union soviétique, l'événement qui a remis la Russie sur la carte du monde. Si elle avait écouté, elle saurait que tout cela s'est déroulé en 1991, et que l'Union soviétique était née en 1922. Du coup, ce globe a officiellement moins de cent ans.

— Il a tout de même du vécu, ce globe, commente Yann.

En effet. Disons que cette boule a connu de meilleurs jours. La peinture est si usée à certains endroits qu'une partie de l'Amérique du Nord est effacée. De la poussière s'est accumulée aux pôles. Le ruban de l'Équateur a été arraché. Et une vilaine bosse défigure l'Australie.

Lili finit par voler le globe des mains de Simon afin de le ranger dans sa boîte.

— Assez de globes... dit-elle en tentant d'enfoncer le colis dans son sac. De quoi on parle dans le prochain numéro?

— De globes terrestres! lance alors Laurence, moqueuse.

— J'ai dit «assez de globes»...

— Relaxe, Lili Piccione. Je ne parle pas de TON globe, mais de la collection de globes terrestres qui sera mise aux enchères samedi prochain. Et, vous savez quoi? J'ai un scoop pour vous!

Lili croise les bras en écoutant Laurence faire son petit spectacle. Celle-ci se lève pour mieux gesticuler en parlant.

— Bon, alors voilà. Je vous raconte. Ça s'est passé ce matin. Mon oncle Victor est débarqué chez nous à 6 heures au moins. Lili, tu te souviens de mon oncle Victor, le jardinier de Mme Bondier qu'on...

— Je me souviens de l'oncle Victor. Continue.

— Exactement. Donc, l'oncle Victor voulait emprunter la camionnette de mon père pour déplacer les trucs de Mme Bondier qui seront vendus aux enchères samedi prochain. Mais ce n'est pas le plus important. Vous savez ce que c'est, le plus important? Vous savez où se déroulera la vente aux enchères?

— Je ne sais pas. Chez vous? fait Lili.

— Meuh non! Ça se passera ici, à l'école! Tu imagines la quantité de gens qu'il y aura?

Lili échange un regard avec Simon. Laurence est en feu aujourd'hui. Et pour une rare fois depuis son arrivée au *Cratère*, elle semble emballée par un sujet qui n'implique pas :

1) du maquillage ;

2) des beaux gars ;

3) une combinaison des deux (j'en tiens pour preuve un article récent intitulé : «Les beaux gars devraient-ils se maquiller ?»).

À contrecœur, Lili doit se rendre à l'évidence : un article sur la vente aux enchères des biens de Mme Bondier serait une excellente idée. Une idée qu'elle aurait aimé avoir, d'ailleurs.

— Toute la ville sera à cette vente, poursuit Laurence. On va y vendre tout ce que possédait la femme la plus riche de Grise-Vallée. Mon oncle m'a dit qu'elle ne portait jamais le même pyjama deux fois, qu'elle en possédait des milliers ! Juste ça, c'est un sacré article.

— Tu veux écrire un article sur les pyjamas de Mme Bondier ?

— Peut-être. Pourquoi pas ?

— Dans ce cas, tu ne verrais pas d'objection à ce que Simon et moi, on écrive un article sur la collection de globes de Mme Bondier ? Comme c'est un événement important qui se déroule dans notre école... je pense qu'on peut y consacrer deux articles.

— J'imagine... fait Laurence en se rassoyant. On pourrait même ajouter un peu de piquant à tout ça. Kim et moi, on écrit l'article sur les pyjamas. Toi et Simon, vous écrivez le vôtre sur les globes terrestres. Et c'est Yann et Éric-François qui choisiront le meilleur... qui sera publié en une!

Les deux garçons susmentionnés se regardent en sentant soudainement la pression tomber sur eux.

— C'est pas juste, lance Simon. Yann aime Kim. Il votera pour votre texte.

— Et alors? Éric-François aime Lili, ça s'annule, dit Laurence.

— Je n'aime pas du tout Lili! se défend Éric-François.

— Tu ne m'aimes pas? fait Lili.

— Oui, bon... Je veux dire... Je t'aime bien... Mais... C'est que... Glllblgglggbmmbll.

Rouge comme une tomate, Éric-François n'est parvenu à émettre que des gargouillements tordus par la gêne.

— Bon, bon, déclare alors Laurence. On demandera à n'importe qui dans l'école, qui n'aime personne d'assis autour de cette table, de choisir le meilleur texte. Ça vous va?

Ça va pour tout le monde.

Q

Le meeting a fini par finir. Yann Dioz a quitté la salle de rédaction en emportant avec lui son magazine humoristique. Éric-François Rouquin, Kim Laurence et Laurence Kim l'ont suivi, laissant seuls au local A-112 Simon, Lili... et leur héritage.

— Ce globe n'est pas n'importe qui; tu t'en doutes, j'imagine? dit Lili.

— Tu penses que c'est le globe ? Je veux dire LE globe ?

— J'en suis sûre.

— Je l'imaginais autrement.

— Moi aussi.

Lili se lève et s'assure que la porte de la salle de rédaction est bien fermée. Puis, elle ressort le globe de sa boîte et se met à l'observer attentivement. Simon s'approche. Tout près. Les deux passent au peigne fin la surface de la petite planète cabossée, cherchant une île du nom de Titor.

— Tu vois quelque chose ? demande Lili en chuchotant presque.

— Rien. Ça fait trois fois que je passe l'océan Atlantique au complet.

— Ce n'est peut-être pas LE globe en fin de compte...

— Ouais.

— Je t'ai parlé de mon horoscope de ce matin ? glisse alors Lili sans quitter le globe des yeux.

— Non, pourquoi ?

— Bah... rien. Mais je pense que je devrais garder ce globe en lieu sûr.

— Mon père a un coffre-fort à la maison.

— J'ai une meilleure cachette.

— Ah oui ? Où ça ?

— Si je te le dis, ce sera plus une cachette.

— Franchement... Tu peux me le dire à moi quand même.

— Fais-moi confiance, c'est une bonne cachette.

⑤ L'histoire d'une vie

Dans un bunker qu'on connaît bien...
Retrouvons deux personnages qu'on ne connaît pas si bien que ça, en fin de compte...

Cela lui fait tout drôle. Charles Fortan n'avait pas partagé un repas avec quelqu'un depuis si longtemps.

Il s'efforce de mastiquer en gardant la bouche fermée. Il s'abstient aussi de roter. Voilà le genre de petites politesses dont il ne se donnait plus la peine lorsqu'il était seul dans son bunker.

Charles fixe l'homme devant lui. Il n'en revient tout simplement pas. Hier encore, il comptait ses boîtes de nourriture déshydratée en tentant d'estimer le temps qu'il avait passé à rabougrir dans son trou. Et maintenant, le voilà qui mange un repas avec cet homme aux lunettes de soleil.

— Pourquoi la canne? demande-t-il en désignant la tige de bois sur laquelle son visiteur s'appuie pour marcher.

— Ma jambe, répond celui-ci.

— Quoi, votre jambe?

— On a dû l'amputer.

— Il y a longtemps?

— Quelques mois.

— Un accident?

— Un accident.

L'homme aux lunettes de soleil n'a visiblement pas envie de s'étendre sur le sujet. Sa jambe (son ex-jambe, devrais-je dire) ne le fait plus souffrir. Sauf qu'elle lui manque terriblement. Perdre un membre de sa famille est toujours un mauvais moment à passer. Perdre un membre tout court, c'est cent fois pire. N'importe quel amputé de guerre vous le confirmerait. C'est un peu comme mourir par petits bouts.

Tout de même, Luis s'estime chanceux d'être encore vivant.

Dans l'état où on l'a retrouvé, on ne lui prédisait pas de grandes chances de survie. Cette nuit-là, il avait tenté d'attraper Felipe alors que celui-ci se faisait aspirer par la soucoupe volante des Hommes en beige[2]. C'était la nuit de l'émeute à l'Institut psychiatrique de Radicelle. À cause du champ électrique entourant Felipe, Luis s'était retrouvé avec la moitié du corps brûlé. Sa jambe y était passée aussi et n'était plus qu'une tige calcinée. Le médecin personnel de Mme Bondier n'a rien pu faire. « Coupez-la », avait ordonné Luis.

C'était la chose à faire. La seule chose à faire.

— Vous allez manger votre bout de pain ? demande Charles à l'homme aux lunettes de soleil.

— Prenez-le.

---

2 Lire *Le Cratère*, tome 5, *Le Gorille que l'on croyait disparu*.

Au souper, Charles semble avoir repris un semblant d'humanité devant cet inconnu qui partage sa cellule. Déjà, il s'est rasé et lavé à l'eau froide.

— Racontez-moi votre vie, dit-il en mordant dans un petit pain aussi moelleux qu'une craie.

— Pardon ? répond l'homme aux lunettes de soleil.

— Votre vie, racontez.

— Ah ! Ah ! Vous me demandez de raconter ma vie comme on demanderait à quelqu'un de lui passer le beurre.

— D'accord. Passez-moi le beurre et racontez-moi votre vie. Si je dois vous suivre, je préfère savoir qui vous êtes. Vous n'êtes pas d'ici, je me trompe ?

Luis dépose sa fourchette de plastique et se racle la gorge.

— En effet. Je suis à moitié chilien. Mon père était un immigrant illégal. Il avait fui le Chili, et j'ai passé mon enfance à me cacher pour éviter que le gouvernement renvoie mon père dans son pays. Ainsi, je n'ai jamais officiellement eu d'identité. Légalement, je n'existe pas. Ça ne m'a pas dérangé jusqu'à ce que j'atteigne la majorité, lorsqu'il a fallu que je gagne ma vie. À dix-huit ans, les seuls boulots que peut décrocher un homme qui n'existe pas se trouvent dans des milieux où l'on ne vous pose pas de questions. Le crime organisé... Ç'a été mon gagne-pain pendant un bon bout.

Charles écoute Luis raconter en détail les vols à main armée qu'il a dû commettre dans des bijouteries, les bars qu'il a dû incendier et les armes qu'il a vendues à des gens qui n'allaient pas s'en servir pour chasser l'orignal.

— Quelquefois, on me demandait d'aller secouer un gogo qui n'avait pas payé ses dettes de jeu. J'avais beaucoup de talent et, assez rapidement, mon patron m'a aidé à obtenir mes premiers faux papiers. Moi qui n'existais pas, j'ai fini par obtenir plusieurs fausses identités. J'avais une carte d'identité différente dans chaque poche de mon veston. J'étais à la fois un étudiant en ingénierie nommé David, un peintre en bâtiment nommé Maxime, mais surtout un chauffeur de taxi nommé Luis Romero. C'est cette identité-là que j'ai conservée. J'allais suivre les traces de mon père en vivant illégalement... Enfin, jusqu'à ce que le destin me rattrape.

— Que s'est-il passé ? demande Fortan tout en aspirant avec sa paille le fond encore poudreux de son jus.

— Je ne me souviens ni du jour ni de la raison pour laquelle je me trouvais dans cette rue... Je marchais tranquillement, puis je suis tombé sur une manifestation. Il y avait là une centaine de personnes qui brandissaient des pancartes avec des slogans contre la guerre, ou quelque chose du genre. Puis, j'ai vu une limousine s'arrêter près des manifestants. Les portières se sont ouvertes et quatre armoires à glace portant des verres fumés sont descendues du véhicule. Ils se sont mis à escorter un homme, plus petit et plus vieux qu'eux, que j'avais déjà vu quelque part...

— Qui c'était?

— J'y viens. L'homme escorté par ces gardes du corps portait un costume sombre, un peu comme ceux que portaient toujours les bandits qui m'engageaient. En premier, je me suis demandé si ce type n'était pas un chef de la mafia. Cela aurait expliqué pourquoi j'avais le sentiment de l'avoir déjà vu. Mais je n'ai pas eu le temps d'y réfléchir très longtemps. Soudain, j'ai senti quelqu'un me bousculer. La suite s'est déroulée en une fraction de seconde. J'ai tourné la tête et remarqué qu'un manifestant à côté de moi était armé. Un pistolet. Il s'est précipité sur l'homme qui sortait de la limousine. POW! Un premier coup de feu. Il avait presque atteint l'un des gardes du corps. L'instant d'après – j'ignore comment j'y suis parvenu –, j'avais maîtrisé le type au fusil. Il était à terre. Mon genou écrasait sa tête sur l'asphalte. Je lui avais cassé le poignet, et son arme gisait sur le sol. J'apprendrai plus tard que l'homme que je venais de sauver d'une tentative d'assassinat n'était nul autre que le premier ministre. Voilà pourquoi je l'avais déjà vu quelque part...

— Ça alors...

Charles Fortan est hypnotisé par l'incroyable récit de ce faux Luis Romero. Sa vie a tous les ingrédients d'un bon film policier. Et pourtant, le meilleur s'en vient.

— Le lendemain, le premier ministre m'invitait dans son bureau pour me remercier de lui avoir sauvé les fesses, poursuit Luis. « Je serais mort aujourd'hui si vous n'aviez pas été là », m'a-t-il dit. Je lui ai répondu : « Pas de quoi. » Je pensais qu'il allait me remettre la médaille du courage, ou quelque chose du genre. Il avait plutôt une offre à me faire. « Avez-vous un emploi, jeune homme ? » m'a-t-il demandé. Comme je n'étais pas pour lui dire que mon dernier boulot avait été de démolir la Ferrari d'un revendeur de drogue, j'ai opté pour un simple « non ». « J'aimerais que vous fassiez partie de mon équipe de gardes du corps », m'a-t-il lancé alors. J'ai accepté.

Luis enchaîne ensuite sur cette portion de sa vie, qui lui a visiblement fait passer de beaux moments.

— J'adorais ça, dit-il. Au début, mon travail consistait à m'infiltrer subtilement dans les foules et surveiller ceux qui pourraient représenter un danger pour mon premier ministre. J'étais payé (et bien) pour faire ce que j'ai toujours fait dans ma vie : me fondre dans la masse. Après un temps en tant que garde du corps fantôme, le premier ministre m'a dit qu'il cherchait un homme pour l'escorter vingt-quatre heures sur vingt-quatre. « J'ai besoin de quelqu'un qui n'a pas de famille ni d'attaches. Et vous avez le meilleur profil que j'aie pu trouver.» Je lui ai dit que je préférais conserver mon emploi actuel, que j'aimais beaucoup. Et c'est alors qu'il m'a répondu : «Croyez-vous que j'ignore qui vous êtes ? Je n'ai qu'un téléphone à faire et vos parents retournent au Chili.» Je me suis demandé depuis combien de temps le premier ministre était au courant de ma vraie vie. Peu importe... Toujours est-il que je n'ai pas eu le choix. J'ai passé l'année d'ensuite à talonner le premier ministre dans le moindre de ses déplacements. J'ai beaucoup voyagé. Un premier ministre ne reste pas longtemps en place. Pendant une semaine, je pouvais être en Inde le lundi, en France le jeudi et de retour au pays le samedi. C'était fou. J'ai fait ce boulot jusqu'au jour où...

— Votre premier ministre, c'était Bernard Hymos, n'est-ce pas ? coupe Charles Fortan.

— C'est exact. Vous étiez au courant ?

— Je commence à comprendre qui vous êtes... J'ai enquêté sur la disparition d'Hymos à l'époque.

— Je sais. Vous savez donc qu'on ne l'a jamais revu après ses fameuses vacances en voilier au large de la Barbade. J'étais là, le jour de sa disparition. Je me souviens que la lune était grosse dans le ciel, comme un projecteur qui semblait n'éclairer que notre bateau. J'étais sur le pont lorsque j'ai entendu des bruits. Des craquements. Je n'ai eu que le temps de voir deux Hommes en beige surgir devant moi. Le premier m'a agrippé et l'autre m'a endormi avec son gant. Je ne me souviens pas du tout de ce qui s'est passé ensuite. Quand j'ai repris mes esprits, j'étais encore sur le pont du voilier. Le jour s'était levé et j'avais un furieux mal de bloc. Le soleil était en train de me rôtir. J'étais seul. Le premier ministre et sa femme avaient disparu.

— À l'époque, on croyait qu'il s'agissait de pirates...

— Ce sont des Hommes en beige qui l'ont fait. Je croyais que vous étiez au courant...

— Absolument pas ! Les Hommes en beige ignorent tout du travail des autres. C'est la meilleure façon de protéger le secret.

— Quelques jours après l'histoire du voilier, je me suis mis à faire des cauchemars. Toutes les nuits, le même rêve. Je criais, je hurlais, je me débattais. Et j'ai remarqué une tache dans mon œil qui s'étendait. Je n'y ai pas fait attention au début, mais au bout de quelques semaines, j'ai commencé à me poser de sérieuses questions... Parce que mon œil...

Luis soulève alors ses lunettes de soleil et révèle à Fortan un visage épuisé, des yeux baignant dans des paniers de rides. Et dans un œil, à la place du globe oculaire, une inquiétante olive noire qui lui donne un regard terrifiant.

— La tache des cauchemars ! s'étonne Fortan.

— Exact. C'est juste avant que la tache envahisse mon autre œil que j'ai été contacté.

— Par les Diffuseurs?

— On ne peut rien vous cacher. Les Diffuseurs m'ont enseigné le moyen de stopper la tache. Ils m'ont dit que je devais rester jusqu'à la fin de mon cauchemar, sans me réveiller. Cela m'a pris quelques jours, mais j'y suis parvenu. Petit à petit, convaincu que ceux qui avaient kidnappé mon premier ministre n'étaient pas de simples pirates, je me suis mis à fréquenter les Diffuseurs. J'ai rencontré votre père, Charles.

— Mon père?

— Il était vieux et malade, mais il m'a parlé de vous. Il m'a dit combien il était fier de vous. Vous savez, il courait au kiosque à journaux pour acheter chaque magazine dans lequel vous aviez publié un reportage.

Charles l'ignorait. Il a toujours pensé que son mathématicien de père n'avait d'intérêt dans la vie que pour ses calculs mathématiques et son foutu Algorithme.

— Vers la fin de sa vie, continue Luis, il était heureux d'avoir mis son Algorithme du destin au service des Diffuseurs. C'est ce qui nous a permis de prévoir l'avenir un peu mieux. Mais il est mort avec une grande déception : celle de ne pas avoir été plus présent pour vous.

Charles Fortan baisse la tête. Luis remet ses verres fumés.

— Mais... alors, que faites-vous ici? Vous êtes venu me demander de vous révéler le plus grand secret du monde, c'est bien ça?

De l'autre côté de la table, Luis semble étonné par la question de Fortan.

— Vous connaissez le plus grand secret du monde?

— Je pense bien, oui.

— Dites-le-moi.

— Là, ici? D'abord, je ne vous connais pas...

— Je viens de vous raconter ma vie.

— Oui, mais vous imaginez le risque que je cours si je révèle le secret?

— Parlant de risque : je pourrais vous zigouiller immédiatement si vous ne me dites rien.

— Vous me tueriez pour le secret?

— Sans hésitation.

Charles se raidit sur sa chaise. Le ton de Luis et ce qu'il connaît désormais de sa vie l'incitent à ne pas prendre ses déclarations à la légère. Des doigts, il cherche quelque chose à manipuler, n'importe quoi, pour se calmer les nerfs. Il attrape une fourchette de plastique et lui casse une à une toutes les dents. Immobile, Luis fixe Fortan, les bras croisés.

— Je... je... je n'aurais pas dû parler du secret... Je ne peux pas vous le dire, Luis. Si vous voulez partir...

— Vous ne pouvez pas me dire le secret, Charles, car vous l'ignorez.

— Hein?

— Ce que vous savez n'est pas le plus grand secret du monde. Vous savez qu'il existe un tunnel qui fait le tour de la terre. Vous savez que ce tunnel est protégé par une membrane de virullite. Simon et Lili l'ont découvert à leurs dépens lorsqu'ils ont été faits prisonniers du « cristal qui pousse ». Vous savez aussi, Charles, que ce tunnel a une utilité bien particulière : il permet de se rendre à cet endroit que vous appelez Titor. Il permet aussi de voyager dans le temps. Voilà ce que vous savez, Charles.

La mâchoire ouverte, les yeux ronds, Fortan est soufflé par ces affirmations.

— Comment savez-vous tout ça ?

— Vous croyez être le premier Homme en beige que j'interroge ? Vous êtes comme tous les autres Hommes en beige : vous ne connaissez qu'une infime portion du secret. La pointe de l'iceberg, pourrait-on dire. Or, il demeure encore bien des questions en suspens. Pourquoi voyagez-vous dans le temps ? Qui dirige les Hommes en beige ? Pourquoi cette invention est-elle gardée secrète et pourquoi tous les gouvernements du monde ont-ils accepté de protéger ce secret ? Où est Titor ? Que trouve-t-on là-bas ?

— Ma foi, je l'ignore...

— Comme tout le monde, Charles. Comme tout le monde...

L'homme aux lunettes de soleil se lève alors et se penche par-dessus la table pour approcher son visage de celui de Charles.

— Votre place n'est pas dans ce bunker humide, Charles. Elle est aux côtés des Diffuseurs. De grands défis nous attendent, et nous aurons besoin d'un homme tel que vous.

Ensemble, nous allons *vraiment* découvrir le plus grand secret du monde.

— Laissez-moi y réfléchir.

Luis se rassoit et déchire le sachet de café en poudre, qu'il mélange à son gobelet d'eau. Charles a les coudes sur la table, la tête entre ses mains. Soudainement, il la trouve lourde, sa tête. Aussi lourde que le bout de pain en béton armé qu'il vient d'avaler.

— Pourquoi Simon et Lili? demande-t-il après un long moment de silence. Pourquoi les avoir impliqués dans cette histoire? Ont-ils quelque chose de particulier? Je n'ai jamais tout à fait compris.

— Le choix de Lili s'est fait naturellement. Sa mère était jusqu'à récemment un membre influent des Diffuseurs. En ce qui concerne Simon, c'est moi qui ai insisté pour qu'il participe à l'opération. Et jusqu'ici il ne m'a pas déçu. Mais il y a autre chose...

— Quoi?

— L'organisation des Hommes en beige n'a pas tous les pouvoirs. Nous le savons. Ils peuvent engluer des cerveaux et faire disparaître des gens... mais ils sont impuissants contre des enfants.

— Comment le savez-vous?

— Nous l'avons su. Selon des documents que nous avons trouvés, les chefs des gouvernements du monde ont décidé d'aider les Hommes en beige à protéger le plus grand secret du monde. À une seule condition cependant : celle de ne jamais toucher aux

enfants. Du coup, tant que Simon et Lili n'at-
teindront pas leur majorité, les Hommes en
beige ne peuvent rien contre eux.

— Ciel ! Ça aussi, je l'ignorais. Mais vous
devrez faire vite, Simon et Lili auront dix-
huit ans dans un peu moins de deux ans.
Alors, les Hommes en beige pourront les
rayer de la carte.

— En effet. Nous ferons vite. Et vous nous
aiderez, Charles.

— Je n'ai pas encore dit oui...

⑥ La nouvelle

Ce samedi-là.
Ce petit moment d'attente est bien involontaire de notre part.
Merci de votre compréhension.

Lili trépigne d'impatience près de la porte du Via Lattea. Elle attend Vito. Ce dernier s'est lancé dans un cours particulier concernant le fonctionnement de son café-crémerie. Sa seule élève, une nouvelle serveuse, l'écoute calepin en main. Depuis une heure, tout y passe : la façon de préparer un gelato à trois boules, le code d'activation du système d'alarme, le fonctionnement de la caisse enregistreuse, le clapet à rabaisser dans la cuvette des toilettes lorsqu'il y a débordement...

Mine de rien, ce n'est pas simple, s'occuper d'un café.

— La machine à espresso à nettoyer... les poubelles à vider... lé comptoir à essuyer... Maintenant, tu sais tout, dit Vito à son élève. Des questions ?

— Ça va aller, monsieur Piccione, lui répond la jeune femme en glissant son carnet de notes dans la poche arrière de ses jeans moulants.

— Pour la dernière fois : appelle-moi Vito !

Elle s'appelle Clarine. Lili trouve encore que son nom ressemble à une marque de médicament contre le rhume des foins. Un commentaire qu'elle a eu la sagesse de garder pour elle lorsque Vito lui a présenté sa recrue, une heure plus tôt.

Elle doit avoir dans les vingt-cinq ans. Une belle jeune femme dans l'ensemble, sans être exceptionnelle non plus. Un nez de forme courante au milieu d'un visage plutôt rond. Des lèvres pas plus pulpeuses que la moyenne. Des yeux d'un bleu agréable, sans être éclatant. De toute façon, ce n'est pas pour ses yeux que Vito l'a choisie parmi une douzaine de candidats, mais pour son sourire.

Car nous parlons ici d'un sourire digne d'une couverture de magazine de dentistes. Il lui suffit d'afficher ses deux rangées de dents blanches pour immédiatement faire oublier son visage ordinaire.

La clientèle apprécierait, s'est dit Vito. C'est vrai. Même un mauvais café a bon goût lorsqu'il est servi avec le sourire.

— Tu viens, p'pa ? lance Lili, qui attend toujours près de la porte.

C'est que la vente aux enchères des biens de Mme Bondier commence dans un quart d'heure. Elle y serait bien allée seule, mais Vito a insisté pour l'accompagner.

— Jé viens, jé viens, dit-il.

Un ventre bombé émerge soudain de l'arrière-boutique du Via Lattea. Voilà Clémence, enceinte jusqu'aux oreilles.

— VITO! Où caches-tu les pinceaux? rage-t-elle. Je les cherche depuis UNE HEURE!

— Relaxe: ils sont au sous-sol.

— RELAXE? J'accouche dans une semaine, la chambre du bébé n'est pas prête et tu me demandes de RELAXER!

Puis, de façon quasi théâtrale, Clémence s'effondre sur un banc. Sa colère se change alors en pleurs.

— Huhuhuhu... sanglote-t-elle.

— Ça va, Climouche?

Climouche, oui. C'est le nouveau surnom affectueux que Vito donne à sa Clémence chérie. Si vous voulez mon avis, on dirait le nom d'un problème d'intestins. Du genre qui fait dire: «Je peux utiliser ta salle de bain? Je pense que j'ai la climouche...»

Et pendant que vous avez toutes sortes d'images odorantes en tête, Climouche pleurniche toujours. Vito tente de la consoler en l'enlaçant de ses grands bras. Il ne fait qu'empirer le drame.

— LÂCHE-MOI! lance Clémence en retrouvant sa colère de tout à l'heure. Tu ne comprends rien... Huhuhuhuhu... On dirait que tu t'en fiches, de la chambre du bébé...

— Mais non! Jé vais la peinturer, qué jé t'ai dit. Mais après la vente aux enchères.

— L'ENCHÈRE! L'ENCHÈRE! C'est tout ce qui t'intéresse, l'ENCHÈRE! s'emporte alors la rouquine.

— Tu devrais vénir avec nous, ça té changera les idées!

— Moi ? Là-bas ? Tu es fou ? Et si j'accouche ?

— L'hôpital, c'est juste à côté...

— J'irai pas.

— Allez... Et après, on va peindre la chambre du bébé tous les deux.

— Et ne vous en faites pas, madame Piccione, ajoute Clarine, le Via Lattea est entre bonnes mains.

— Je t'en prie, appelle-moi Clémence...

Un pied dans la sortie, Lili se décompose. Elle s'en fiche, que Clémence préfère passer la journée à peinturer la chambre d'un bébé. Elle se fiche aussi que son père l'accompagne ou pas. Tout ce qui l'intéresse, là, en ce moment, c'est de décoller du Via Lattea pour se rendre à cette vente aux enchères. Qui doit commencer dans dix minutes. Hélas, l'univers tout entier semble décidé à tout faire pour qu'elle arrive en retard !

— Huhuhuhuhu... reprend la baleine rousse.

Décidément, l'humeur de Clémence joue aux montagnes russes aujourd'hui.

— Allez, accompagne-nous ! insiste Vito. Ça va te changer les idées. C'est bon pour toi. C'est bon pour nous deux.

En fin de compte, il aura fallu que Clémence pleure, rie, se fâche, boude, gémisse, hurle et pleure encore avant que Vito parvienne à la convaincre. Je saute les détails, car j'ai mieux à faire que décrire l'humeur instable d'une femme enceinte.

Transportons-nous plutôt jusqu'au moment où tout le monde est prêt à partir (Lili, en particulier).

— On y va! déclare enfin Vito.

Avant de quitter le Via Lattea, il a tout de même un dernier tiraillement.

— Tu es sûre qué ça va aller, Clarine? demande-t-il pour la sept-centième fois à sa nouvelle serveuse.

— Partez l'esprit tranquille, monsieur Picci... euh, je veux dire, Vito, répond celle-ci en nouant son tablier beige.

Même s'il sait que Clarine et son sourire seront parfaits, ça lui fait un pincement au cœur de confier son café à des mains étrangères.

C'est la première fois, voyez-vous.

⑦ Enchères et en noces

Un peu plus tard.
Vous n'avez probablement pas les moyens de vous payer ce que contient ce chapitre.

En fin de compte, les Piccione ont bien fait de se rendre à l'école à pied. S'ils étaient allés en auto, ils n'auraient jamais trouvé de place de stationnement. Toutes celles qu'il y a devant l'école sont occupées. Les visiteurs ont été forcés de se garer plus loin, le long de la rue Calmont. D'autres se sont rabattus sur le parking de l'église, à cent pas de l'école. Ce parking, il y a longtemps qu'on ne l'avait pas vu aussi plein, d'ailleurs.

J'ai comme l'impression qu'on n'attendait pas autant de gens à cette vente aux enchères.

Un long serpentin de Grisvalléens attend devant la porte de l'école secondaire. Trois agents de sécurité gèrent la foule. Vito, Clémence et Lili rejoignent la file.

— Restez calmes! Les portes ouvriront bientôt, crie l'un des agents.

Petit mais costaud, il joue avec son trousseau de clés pour se donner un air faussement important. Comme s'il croyait que, sans lui, tout ce troupeau d'humains serait en déroute! Vito lui fait un signe de la main pour attirer son attention.

— Vous pensez qu'il y aura dé la place pour tout lé monde ? demande-t-il.

— Il faudra se serrer un peu, bien sûr, répond l'agent.

— Je t'avertis, souffle alors Clémence à l'oreille de Vito. S'il n'y a pas de chaise pour que je puisse m'asseoir, je pars.

— Jé vais t'en trouver une, ou jé né m'appelle pas Vito Piccione.

Lili se hisse sur le bout des pieds pour tenter d'apercevoir le bout de la queue. Très, très loin devant, l'agent au trousseau de clés s'est enfin trouvé une tâche utile : il ouvre les portes de l'école. Aussitôt, la foule s'engouffre à l'intérieur. Une cohue digne d'un lendemain de Noël aux portes des grands magasins.

Vito, Climouche et Lili sont entraînés par le courant. Dans les corridors, des agents dirigent le troupeau jusqu'à une porte qui donne sur le terrain de soccer. C'est alors qu'ils rejoignent l'extrémité d'une nouvelle queue.

Celle-ci s'étire jusqu'à une table où les participants à la vente aux enchères doivent s'inscrire. C'est l'attente, encore. Ce qui me laisse le temps de vous parler de ma petite théorie concernant les files d'attente.

Ma petite théorie concernant les files d'attente
L'humain est une machine à créer des files d'attente. À la caisse au supermarché, une file d'attente. Au guichet automatique, une autre file d'attente. À l'entrée des montagnes russes au parc d'attractions, une longue file d'attente.

Je ne connais aucune autre espèce vivante qui ait développé comme nous l'art de la file d'attente. Prenons les chatons. Ils n'attendent pas sagement leur tour pour téter les mamelles de leur mère : ils se bousculent, et c'est pourquoi les chatons les plus forts sont toujours les premiers à téter.

La file d'attente est ce qui sépare l'humain de l'animal. L'animal respecte la loi du plus fort. L'humain respecte la loi du « premier arrivé, premier servi ».

Aussi, si les files d'attente n'existaient pas, la vie en société serait un véritable chaos. Les plus forts passeraient devant tout le monde à l'épicerie, au guichet automatique, au parc d'attractions. Il y aurait constamment des querelles, des chicanes, des frustrations. Peut-être même des guerres.

Pensez-y la prochaine fois que vous attendrez en file.

C'est bien beau tout ça, mais parfois les files s'éternisent. Et Lili est bien placée pour vous dire qu'attendre vingt minutes avant de s'inscrire à une vente aux enchères, c'est long.

Enfin, leur tour finit par arriver.

À la table d'inscription, une femme affublée de lunettes plus épaisses que les miroirs du télescope Hubble tend un carton à Vito. Un numéro est imprimé sur ses deux faces. « Avec ce carton, vous pourrez miser », lui dit-elle sur un ton qui ne laisse aucun doute sur le fait qu'elle vient de répéter cette phrase un millier de fois.

— Nous aurions besoin d'une chaise, demande alors Vito. Pour ma femme.

Hubble oriente ses deux verres grossissants sur l'excroissance ventrale de Clémence et comprend la situation. D'un geste du doigt, la distributrice de cartons attire l'attention d'un agent de sécurité.

— Une chaise pour madame, s'il vous plaît.

Et le temps que Vito jette un œil confiant à sa Climouche, la chaise apparaît comme par magie. Les Piccione peuvent maintenant s'installer parmi la foule déjà compacte.

Au pif, je dirais que quatre-vingt-quatorze pour cent de la population de Grise-Vallée se trouve sur ce terrain de soccer. Tout le monde est tourné vers une espèce de scène sur laquelle le commissaire-priseur s'adonne à des tests de son.

— Un, deux, un deux... *Testing... Testing...*

Pour ceux parmi vous qui n'ont jamais assisté à une vente aux enchères, permettez-moi de vous expliquer le déroulement de la chose. C'est très simple, vous verrez. Le but d'une enchère est de vendre des articles aux personnes qui font la meilleure offre. Le rôle du commissaire-priseur, l'animateur de l'événement, est de présenter les articles et d'accueillir les offres. Il établit un prix de départ et invite l'assistance à faire une meilleure offre. Ceux qui convoitent l'article en vente lèvent la main pour faire monter son prix. Et ainsi de suite jusqu'à ce qu'il ne reste plus qu'une seule personne intéressée à acheter l'article. Celle-ci remporte l'enchère.

Certaines ventes aux enchères se spécialisent dans les tableaux et les œuvres d'art. D'autres vendent de l'équipement agricole, des vaches ou des chevaux. D'autres, comme celle qui nous concerne, vendent les biens de personnes décédées.

Le commissaire-priseur s'est mis beau. Il a noué autour de son cou un énorme nœud papillon rouge vif probablement visible de la lune. Il tient son micro du bout des doigts, comme s'il s'agissait d'une coupe de champagne.

L'enchère commence. Le commissaire-priseur, d'une voix aiguë sortie tout droit d'un dessin animé, s'adresse à la foule :

— Bienvenue à tous à la vente aux enchères des biens de feu Mme Jacinthe Bondier !

L'homme étend alors un bras pour désigner un petit coffret installé près de lui, sur la scène.

— Notre premier lot est une superbe opale taillée en forme de globe terrestre et montée sur une bague en argent. Ce bijou unique a été fabriqué sur mesure pour le mariage, qui n'a jamais eu lieu, de Mme Bondier. Les enchères commencent à mille dollars. Qui dit mieux ?

Aussitôt, dans la foule, un premier intéressé lève son carton. Le commissaire-priseur se lance alors dans une sorte de déluge de mots. Dans sa bouche, sa langue tourne aussi vite que les pales d'un ventilateur.

— Mille dollars-qui-dit-mille... Ah!
Nous-avons-un-intéressé. Mille-cent-mille-
cent-qui-dit-mille-cent-pour-un-superbe-
bijou-qui-en-vaut-au-moins-le-triple
On-a-mille-cent-au-fond! Mille-deux-
cents-mille-deux-cents-est-ce-qu'on-
a-mille-deux-cents-OUI! Mille-deux-
cents-pour-le-monsieur-au-chapeau!
Mille-trois-cents-ça-me-prend-mille-trois-
cents-mille-trois-cents-mille-trois-cents... On-
a-mille-trois-cents! Mille-quatre-cents! C'est-
encore-une-aubaine-à-mille-trois-cents...

Lili n'avait jamais entendu des chiffres
débouler à cette vitesse. À force de remuer,
la langue du commissaire-priseur risque de
se faire des ampoules. Elle note qu'un homme
aux cheveux gris et une femme portant déjà
deux bagues à chaque doigt se disputent
l'énorme opale. Ce sont eux qui font monter
les prix. En quelques secondes seulement, ils
ont fait passer les enchères de mille à mille
sept cents dollars. Et, plus le prix monte, plus
le murmure dans la foule enfle. Tout le monde
se demande à quel prix sera vendu le bijou.
Vito observe la scène en souriant, les deux
mains sur les épaules de Clémence, assise
devant lui. Le temps de vous décrire cette
scène, et le prix de l'opale-globe terrestre a
déjà atteint deux mille dollars!

Le commissaire-priseur replace son
nœud papillon et poursuit son rap.

— Deux-mille! Est-ce-qu'on-a-deux-
mille-cent-deux-mille-cent-est-ce-qu'on-

a-deux-mille-cent-deux-mille-cent... Deux-mille-cent-au-monsieur-là-bas ! Qui-dit-deux-mille-deux-cents-deux-mille-deux-cents...

Le vieux et la vieille ne lâchent pas le morceau. Quand l'un fait monter le prix, l'autre renchérit aussitôt. Quelques applaudissements crépitent lorsque le bijou atteint la somme de trois mille dollars.

— Ça commence à devenir intéressant, dit Vito en se frottant les mains.

La femme aux vingt bagues semble cependant montrer des signes d'agacement. Visiblement, à trois mille dollars, elle commence à trouver ce joyau un peu cher. Néanmoins, elle persiste et lève son carton. Le commissaire-priseur jubile.

— OOOOOOUIIIII-madame! Trois-mille-cent-on-a-trois-mille-cent-trois-mille-cent-UNE-FOIS-trois-mille-cent-DEUX-FOIS-trois-mille-cent-TRRRRRRROIS-FOIS...

Et juste une seconde avant que le commissaire-priseur adjuge la bague à la dame, un troisième acheteur se manifeste.

Vito lève son carton et crie :

— Trois mille deux cents !

Clémence passe à deux doigts d'accoucher sur place. Elle s'empresse de tirer sur la main levée de Vito en le regardant l'air de dire : « Mais t'es complètement fou ? »

Hélas, le mal est déjà fait. Sur la scène, le commissaire-priseur avale pratiquement son micro.

— TROIS-MILLE-DEUX-CENTS !
TROIS-MILLE-DEUX-CENTS-AU-MON-
SIEUR-À-LA-MOUSTACHE-LÀ-BAS !
TROIS-MILLE-DEUX-CENTS-UNE-
FOIS-TROIS-MILLE-DEUX-CENTS-
DEUX-FOIS-TROIS-MILLE-DEUX-
CENTS-TRRRRRRRROIS-
FOIS... ADJUGÉ !

Les applaudissements explosent. La fer-
veur est aussi intense que si Vito venait de
compter le but gagnant aux séries élimina-
toires de la Coupe Stanley. Or, il n'a fait que
lever un carton.

Un carton qui vient de lui coûter trois
mille deux cents dollars.

— MAIS QU'EST-CE QUE TU VIENS DE
FAIRE ? lui lance Clémence, hors d'elle.

— Climouche, dit alors Vito en posant
un genou par terre et en prenant la main de
sa bien-aimée. Cette bague est pour toi. Clémence... veux-tu m'épouser ?

Cent pour cent des femmes présentes
dans la foule (à l'exception de Lili) poussent
le soupir qu'elles réservent habituellement
aux films romantiques. Clémence fixe Vito
dans les yeux. Elle se souvient alors de la
raison qui l'a fait tomber amoureuse de cet
homme : il est fou. Comme aujourd'hui. À lui
demander sa main devant tout Grise-Vallée,
avec une opale payée trois mille deux cents
dollars.

— T'es fou, Vito... T'es fou... répète Clémence avec tendresse.

— Jé sais. Alors, c'est oui ?

— C'est oui.

Et la foule de s'élever. Une averse de bravos s'abat sur le couple de futurs mariés. Au milieu de cette liesse, Simon et Éric-François apparaissent. Bien sûr, ils n'ont rien raté de l'enchère.

— Bon sang ! Il ne fait pas les choses à moitié, ton vieux ! lance Éric-François.

— On dirait bien, approuve Lili.

Pendant ce temps, la vente aux enchères se poursuit. L'assistant du commissaire-priseur se présente sur la scène avec un plateau sur lequel sont déposés cinq petits globes terrestres. Le silence se refait dans l'assistance.

— Alors, toutes mes félicitations aux futurs époux ! enchaîne le commissaire-priseur. Mais poursuivons, mes amis. Voici donc le lot numéro deux. Ces cinq globes datant des années 1940 font partie de la collection Bondier. Il s'agit des premiers globes commercialisés par M. Jean-Antoine Bondier. Ils sont autographiés par son créateur et ont été conservés en parfait état. Pour ces cinq globes, nous demandons cinq mille dollars... Cinq-mille-dollars-qui-dit-mieux-cinq-mille...

Un premier acheteur se manifeste. Puis, un deuxième. Le premier acheteur lève à nouveau son carton. Le deuxième réplique. Un troisième acheteur s'en mêle. Le premier acheteur fait une meilleure offre. Le deuxième en rajoute. Le troisième ne se laisse pas intimider. C'est alors qu'un quatrième acheteur lève son carton. Le prix des globes augmente à la vitesse de celui de l'essence. Le commissaire-priseur s'éponge le front avec un mouchoir de tissu.

— Cinq-mille-neuf-cents-qui-dit-cinq-mille-neuf-cents-cinq-mille-neuf-cents-une-fois... On-a-cinq-mille-neuf-cents! Six-mille-six-mille-pour-cinq-globes-rares-qui-dit-six-mille-six-mille-six-mille.

Lili porte son regard sur le premier acheteur potentiel, qui n'en peut plus de lever son carton. Chaque fois, il sautille pour bien se faire voir. C'est qu'il est petit, avec quelques brins de cheveux blonds qui se cramponnent à son crâne. Il ressemble à un gnome. Lili l'a déjà vu quelque part. Il saute à nouveau.

— SIX-MILLE-CENT! Six-mille-cent-qui-dit-six-mille-deux-cents-je-veux-six-mille-deux-cents.

— Tu le connais? lui demande Simon en désignant le presque-lutin.

— Il me dit quelque chose...

Lili sonde sa mémoire tandis que les enchères montent toujours. Ces cinq globes valent maintenant une auto usagée.

— Huit-mille-deux-cents! Qui-dit-huit-mille-deux-cents!

— AUFFWARION! lâche alors Lili. J'ai trouvé: c'est M. Auffwarion. C'est l'antiquaire qui était interviewé à la télé, hier. Il tient la boutique d'antiquités au bas de la pente près du pont... Tu sais?

— Ah oui... J'y suis jamais entré.

— J'y suis entré une fois avec mon père, ajoute Éric-François. C'est un musée, c't'endroit... Mais la marchandise... Ouh là là... Sortez votre fric!

L'antiquaire continue de sautiller pour faire monter les enchères. Les globes atteignent neuf mille dollars. La frénésie sur le terrain de soccer est à son comble. Neuf mille dollars pour cinq petits globes, c'est au-delà des moyens de la majorité des gens qui piétinent le gazon du terrain de soccer de l'école secondaire de Grise-Vallée.

Tout le monde a l'impression d'assister à la vente aux enchères d'une famille royale.

M. Auffwarion bondit à nouveau et s'écrie:

— Neuf-mille-cent!

Le commissaire-priseur saisit le chiffre au vol et poursuit sur sa lancée:

— Neuf-mille-cent! QUI-DIT-MIEUX?

Vito feint de lever son carton en s'assurant que Clémence le voie bien.

— ARRÊTE! lance-t-elle, craignant que son futur mari ait l'idée de se lancer dans d'autres folles dépenses.

— C'est une blague, dit-il en rigolant.

Et le commissaire-priseur d'entonner:

— NEUF-MILLE-CENT-UNE-FOIS-NEUF-MILLE-CENT-DEUX-FOIS-NEUF-MILLE-CENT-

TRRRRRRRROIS-FOIS ! ADJUGÉ-AU-MON-SIEUR-QUI-SAUTE-LÀ-BAS !

M. Auffwarion reçoit une ovation debout (bon, il faut dire que tout le monde était déjà debout, excepté Clémence). Lili, Simon et Éric-François sont stupéfaits.

— Dites donc, souffle Éric-François en s'adressant à nos deux héros. Le vieux globe que Mme Bondier vous a envoyé... il vaut peut-être quelque chose, vous pensez pas ?

— Peut-être, répond Lili sans s'étendre plus longuement sur le sujet.

Le commissaire-priseur passe au prochain article, un gros coffre.

— Rares sont les gens qui savaient que Mme Bondier était une féroce collectionneuse de... pyjamas ! déclare-t-il au micro. Sa collection pourrait être à vous ! Pour ces quatre cent trente-deux pyjamas pour femme de toutes les couleurs, tissus, styles, nous demandons dix dollars...

Tout près de la scène, Lili aperçoit Kim Laurence en train de photographier le coffre, tandis que Laurence griffonne furieusement dans un carnet.

— Les deux perruches sont sur un scoop ! plaisante-t-elle.

Q

Voici, en ordre décroissant de prix, une liste partielle des articles qui ont été vendus à ces enchères.

- Un globe lunaire recouvert d'authentique poussière de lune, 34 000 $
- Un globe sur pied de bronze datant de 1802 et en parfait état, 15 000 $
- Un globe terrestre en verre poli et sans une égratignure, 12 000 $
- Trois cartes du monde datant du XVIIIe siècle, 9 500 $
- Un portemanteau en défenses d'éléphant, 8 100 $
- Un cure-dent en or plaqué jamais utilisé, 340 $
- Un coffre rempli de pyjamas, 10 $ (En fin de compte, c'est Laurence Kim qui l'a acheté. Personne à Grise-Vallée n'a souhaité racheter les pyjamas d'une vieille dame. Quelle surprise.)

La vente aux enchères s'est conclue vers la fin de l'après-midi. Un service d'argenterie conservé pour le mariage de Jacinthe Bondier (qui n'a jamais eu lieu) a été adjugé pour cinq mille dollars. Après quoi, tout avait été vendu.

Les participants à la vente aux enchères se dispersent.

— Regarde ! dit Lili à Simon. On dirait que M. Auffwarion s'en va. On va lui parler ?

Sans attendre Simon, Lili se fraye un chemin parmi la foule et s'approche de l'antiquaire. Simon et Éric-François la suivent.

L'antiquaire tente de transporter ses cinq globes, ce qui n'est pas évident pour une seule personne, soit deux bras.

— On peut vous aider, monsieur Auffwarion? offre Lili en se présentant au petit homme.

— Ah... euh... dzaccord, répond-il. Mais ze n'ai pas long à faire, mon auto est dans le parking dze l'école.

Lili prend une des boîtes, Éric-François en prend deux et Simon aussi. Auffwarion a les mains libres.

— À qui ai-ze l'honneur? demande-t-il, curieux et méfiant à la fois.

Non, mais, c'est vrai, des jeunes qui offrent leur aide gracieusement, ça se voit de moins en moins de nos jours.

— Je suis Lili Piccione. Voici Simon Pritt et Éric-François Rouquin. Nous sommes du journal de notre école.

— Un zournal? Intérezant.

— Ils vous ont coûté cher, ces globes... fait observer Simon.

— Pas vraiment. Je vais zertainement pouvoir les revendre le double du prix! Zes globes zont d'une incroyable rareté, et je zuis zûr que plusieurs collectionneurs rêvent de mettre la main dezzus.

— Vous les vendrez? demande Lili en suivant M. Auffwarion, qui se dirige vers son auto en trottinant sur ses courtes pattes.

— Abzolument! Je zuiz antiquaire. Z'est mon métier : j'achète des antiquités et je les revends.

— Vous vendez beaucoup de globes comme ceux-là? demande Éric-François.

— Comme zeux-là, *nein*! Mais je vends beaucoup de globes. Z'est ma zpézialité. Je zuis probablement le zeul antiquaire zpécialisé dans les globes au pays.

— Pourquoi les globes de Mme Bondier étaient-ils si recherchés? poursuit Lili alors que les trois arrivent à l'auto de l'antiquaire.

— Les collectionneurs de globes ze zont toujours intérezzés à la collection Bondier.

— Pourquoi? enchaîne Lili en déposant le globe de M. Auffwarion sur la banquette arrière de l'auto.

— Une légende qui zircule : tous les collectionneurs cherchent un globe qui montrerait des îles zecrètes, qui n'apparaizzent zur aucun autre globe. On l'appelle «le globe perdu».

Lili ravale sa salive. Simon a des palpitations. Bien sûr qu'Auffwarion parle du globe montrant Titor; quel autre?

Éric-François dépose à son tour les deux boîtes sur la banquette et demande à l'antiquaire :

— Il n'a pas été vendu aujourd'hui, le globe perdu?

— Je penze que non. À mon avis, z'est zeulement une légende. Ze globe n'existe pas.

Le petit homme prend place derrière le volant de sa voiture.

— Merzi, les jeunes ! lance-t-il alors. Zi vous avez le temps, venez me voir à ma boutique !

— On ira, on ira... fait Lili.

Une fois l'auto disparue, Éric-François se tourne vers Simon et Lili.

— Et si c'était le globe perdu que Mme Bondier vous a envoyé ?

Misère, ce grand maigre s'approche dangereusement de la vérité ! Lili coupe court à son imagination.

— Tu as entendu M. Auffwarion ? « Ze globe n'existe pas », dit-elle en imitant l'accent allemand de l'antiquaire.

— Oui, mais... peut-être que...

— Ce globe n'existe pas, répète Lili, sans accent cette fois.

⑧ Boule noire

Retour à la maison.

C'est clair, quelqu'un est passé dans ce chapitre avant nous.

Il a laissé ses traces partout.

Lili et Simon sont revenus de la vente aux enchères avant Vito et Clémence.

Dreling! Bling! Breding!

En entrant au Via Lattea, ils n'ont pas même pris le temps de saluer Clarine. Ils sont descendus directement au sous-sol. Avec ce que M. Auffwarion venait de leur raconter à propos du globe perdu, ils étaient impatients d'étudier à nouveau le globe de Mme Bondier.

Quand Lili disait qu'elle l'avait caché dans « un lieu où personne n'irait fouiller », elle ne mentait pas.

— C'est le coffre des vêtements qui appartenaient à ma mère, dit-elle en montrant à Simon une grande malle en bois.

Après la disparition de Dorothée, ses vêtements sont longtemps restés dans la penderie de sa chambre à coucher. Vito n'y avait pas touché. Quelque part au fond de lui-même, peut-être espérait-il encore le retour de sa femme. Ironiquement, avant que celle-ci se volatilise, Vito ne cessait de se plaindre qu'il ne restait plus d'espace

dans la penderie pour accrocher ses che-
mises et ses vestons. Ce à quoi Dorothée
répondait : « Tu veux dire TA chemise et TON
veston ? »

Bref, Vito a mis du temps à se défaire des
vêtements de Dorothée. Jusqu'à ce que Clémence emménage chez les Piccione. Cela se
comprend, celle-ci n'était pas folle de joie à
l'idée de partager sa vie avec le fantôme de
Dorothée dans la garde-robe. Vito s'est donc
résolu à entreposer toutes ces robes, tailleurs
et vieux jeans dans un grand coffre qu'il a
laissé au sous-sol.

Qui aurait l'idée d'aller fouiner par là ?

Lili soulève le couvercle du coffre et
déplace quelques chandails. Avec autant de
précautions que s'il s'agissait du crâne de
cristal du film *Indiana Jones et le Royaume
du crâne de cristal*, elle sort le globe de
Mme Bondier.

— Montre, dit Simon.

Il approche les yeux près du globe, tout
près. Il s'attarde à nouveau aux îles au milieu
de l'océan Pacifique pour tenter d'en identifier une du nom de Titor. Il ne trouve rien
de plus que la première fois qu'il a scruté la
surface de l'objet.

— Alors, tu vois quelque chose ? demande
Lili en chuchotant presque.

— Rien. Il fait trop sombre, ici, finit-il par
dire. On ne voit rien.

— Dans ma chambre, j'ai une
bonne lampe.

Emportant le globe avec eux, ils grimpent les escaliers pour se rendre dans la chambre de Lili. Or, aussitôt dans sa chambre, c'est l'électrochoc.

— POUTINE! Qui a fait ça? s'écrie Lili.

Son globe terrestre est peint en noir! Je ne parle pas du globe de Mme Bondier, mais d'un autre globe, celui que Lili a reçu pour son anniversaire il y a plusieurs années. Eh bien, celui-là, il est tout noir. Du pôle Nord au pôle Sud.

— C'est récent, remarque Simon tout aussi éberlué que son amie. Regarde, la peinture n'est pas encore sèche.

En effet. Celle-ci a même dégouliné et formé une flaque noire autour du socle sur lequel repose le globe.

Simon jette un œil autour de lui et vérifie la fenêtre. Elle est verrouillée de l'intérieur. Personne n'est passé par là.

— Pour une mauvaise blague, c'est une mauvaise blague! lance Lili.

Comme s'il s'agissait d'un gros poisson mort, elle saisit le globe noir par sa base pour éviter de se salir les mains. Elle trouve ensuite un sac-poubelle dans l'armoire du couloir et l'y jette. Un si beau globe.

— C'est quoi, l'idée? Peinturer un globe de cette façon... dit Simon.

Lili regarde Simon.

— Ce n'est sûrement pas CE globe qu'ILS cherchaient. Est-ce que tu penses à ce que je pense?

— ILS cherchaient le globe de Mme Bondier, tu penses?

— J'en suis sûre.

— Mais pourquoi le peindre en noir? ILS auraient pu le voler...

— Je pense qu'ILS voulaient qu'on sache qu'ILS sont passés ici.

Lili et Simon sont redescendus au Via Lattea dans l'état que vous imaginez.

Clémence et Vito étaient revenus de l'encan et la clientèle (plus Clarine) s'était regroupée autour du doigt de la future mariée.

— Superbe bijou! lance un vieux. Dire que c'est moi qui ai payé ça!

— Toi? dit Vito.

— Avec tous les cafés que j'ai achetés ici, j'imagine que ça doit faire une belle somme...

Tout le monde éclate de rire. C'est alors que Lili intervient en s'adressant à Clarine :

— Il n'est venu personne pendant notre absence? lui demande-t-elle.

Sans quitter la bague des yeux, la nouvelle serveuse répond :

— À peu près personne. Deux ou trois clients qui ont pris des cafés pour emporter. C'est tout. Tout le monde était à la vente aux enchères... que je suis déçue d'avoir ratée, d'ailleurs. Ça m'avait l'air mémorable.

— Mémorable, oui. Mais tu n'as vu personne qui avait l'air louche? Peut-être des gens qu'on n'a jamais vus à Grise-Vallée...

— Je viens moi-même d'arriver à Grise-Vallée! Va falloir que tu me laisses un peu de temps avant de différencier les gens connus des inconnus!

Vito, qui connaît trop bien sa fille, se doute évidemment que cet interrogatoire n'est pas innocent.

— Il y a quelqué chose, ma Lili? Pourquoi toutes ces questions?

— Oh rien, rien... C'est que j'ai... euh... j'ai perdu un truc et je me demandais si quelqu'un n'aurait pas pu le voler!

— Perdu quoi? On peut peut-être t'aider à lé retrouver?

— C'est, euh, personnel.

— Lili... qu'est-ce qué tu mé caches? Qu'est-ce qué tu as perdu?

— Rien, dit Lili, visiblement dans l'embarras et cherchant un bon moyen de s'extraire de cette conversation. Viens, Simon! enchaîne-t-elle.

Les deux sortent du Via Lattea.

Dreling! Bling! Breding!

Dehors, ce n'est pas mieux. Lili ne sait pas où aller.

— Tu penses que je pourrais aller dormir chez toi, ce soir?

— Dormir chez moi? Mes parents n'accepteront jamais!

— Pourquoi? J'allais souvent dormir chez toi quand on était petits. Tu te souviens, on regardait des films et, pour déjeuner, ton père nous cuisinait ses fameuses gaufres à la crème fouettée.

— Je sais, je sais. Mais c'était quand on était petits. Aujourd'hui... ils ne voudront jamais! On est trop vieux! Je vais avoir dix-sept ans bientôt! On est trop vieux pour les gaufres à la crème fouettée.

— Justement, on devrait avoir le droit de faire ce qu'on veut, maintenant. Je ne veux pas dormir chez nous. ILS sont entrés dans ma chambre, tu imagines? Et personne ne les a vus. Ils pourraient revenir cette nuit, et ce n'est pas qu'un peu de peinture qu'ils feront... Peut-être qu'ils me prendront, qu'ils me kidnapperont!

— Tu sais quoi? fait Simon, songeur. On devrait aller le montrer à M. Auffwarion.

— Le globe de Mme Bondier? Pourquoi?

— Il nous dira si c'est bien le globe perdu. Je veux dire... Il est possible que ce soit un globe ordinaire. C'est vrai, quoi! On a beau chercher, on ne trouve Titor nulle part.

— Je ne sais pas... Tu lui fais confiance, à cet antiquaire?

— Est-ce qu'on a le choix? Mis à part les Hommes en beige, connais-tu quelqu'un qui puisse nous en dire plus long sur le globe perdu?

Simon a raison.

— Ouais, dit Lili après un moment de réflexion. Sauf que... il y a un truc que je ne t'ai pas encore dit.

— Quel truc?

— Avant-hier... je t'ai parlé de mon horoscope, tu te rappelles?

— Vaguement.

— Enfin... Mon horoscope laissait entendre que des oiseaux allaient nous parler. Tu sais ce que ça signifie, non?

— Les oiseaux électroniques.

— Exactement, les oiseaux électroniques. Et s'ils venaient cette nuit, dans ma chambre? Je ne veux pas être seule avec eux... Tu comprends?

— Je comprends.

Simon s'assoit sur le bord du trottoir en soupirant. Les mystères s'empilent et il a du mal à y voir clair.

— Je continue de penser qu'on devrait aller voir M. Auffwarion, laisse-t-il finalement tomber. Il y a trop de choses bizarres qui se passent... Si M. Auffwarion nous dit que ce vieux globe n'a rien d'extraordinaire, ça sera au moins une chose de réglée.

— Et s'il nous dit que c'est le globe perdu?

— Alors... je ne sais pas.

⑨ La rareté coûte cher

Le même jour.
Tout ce qui est vieux n'est pas nécessairement une antiquité.

La boutique d'antiquités de M. Auffwarion est située au bas de Grise-Vallée, tout près du petit pont qui enjambe la rivière Grise. Au fil des ans, les propriétaires successifs ont ajouté à cette vieille maison de bois un garage, une tourelle, une verrière. Et aucun de ces ajouts ne s'harmonise avec l'ensemble du bâtiment, ce qui donne à cette résidence un aspect étrangeoïde. On dirait presque une traînerie échouée au bas de la pente. Sa vieille enseigne est claire, cependant : *Antiquités Auffwarion. Sélection de globes rares et anciens.*

Un rideau de métal est tiré devant les vitrines.

— C'est fermé, dit Lili.

Simon se dirige vers la porte de la boutique. Il colle son visage contre la vitre pour voir à l'intérieur. Au fond du magasin, la faible lumière d'une lampe de table révèle les contours de M. Auffwarion, penché sur un bureau. Tout est noir autour de lui.

— Il est là. On frappe ?

Trois timides coups sur la porte plus tard, Simon aperçoit l'ombre de l'antiquaire se relever et avancer dans sa direction. Quand il arrive et ouvre la porte, Simon et Lili trouvent toutefois un homme aux yeux rougis. Il a pleuré. Il tient à peine debout. Son corps est traversé de tremblements.

— C'est vous ? Les jeunes... Quel malheur z'est abattu zur moi !

— On peut repasser, monsieur Auffwarion... Ce n'est pas le bon moment... dit Lili.

— Toute ma vie... Et regardez ze qu'ils ont fait...

Le pauvre bougre ouvre alors un peu plus sa porte pour laisser nos deux journalistes entrer dans sa boutique. Il en émane une forte odeur chimique que le sens de l'odorat de Simon et Lili ne tarde pas à identifier.

Une odeur de peinture.

Tous les globes de la boutique ont subi le même sort que celui qui se trouvait dans la chambre de Lili.

Encore ébranlé, M. Auffwarion raconte ce qui s'est passé. Enfin, ce qu'il en sait.

Pendant qu'il était à la vente aux enchères, quelqu'un s'est introduit dans sa boutique et a peint tous les globes. Les petits, les gros, sans en oublier un seul. Sur tous les présentoirs, on ne retrouve plus des versions réduites de notre planète, mais de sinistres boules noires qui semblent flotter dans la pénombre. On dirait des planètes carbonisées, sans vie, sans continents, sans rien.

— Mais quel fou a pu faire une chose pareille ? questionne Lili.

— Je zuis zûr que z'est un autre collectionneur qui a bousillé mes globes, poursuit l'antiquaire. Il a dézidé de donner de la valeur à za collection de la pire façon imaginable : en détruisant les collections des autres. Vous connaizzez la loi de Gersaint ? enchaîne-t-il.

Et, sans attendre une réponse, le petit bonhomme explique à Simon et à Lili que cette loi nous vient d'un célèbre marchand de Paris. Il y a deux siècles, ce M. Gersaint a simplement dit que la rareté créait la valeur. Plus les objets sont rares, plus leur valeur augmente. Prenez les timbres. Un des timbres les plus chers au monde est un timbre de 1847 provenant de l'île Maurice. Il a été imprimé à cinq cents exemplaires, et il en subsiste aujourd'hui moins de trente dans le monde. Le dernier prix payé pour ce petit morceau de papier jauni ? Quatre millions de dollars !

La rareté coûte cher.

— En endommageant mes globes, dont zertains étaient très rares, il a fait en zorte d'éliminer du marché plusieurs globes rares. Ze qui zignifie que les globes rares de za collection prendront tout à coup plus de valeur. Vous comprenez ? Un des globes qu'il y avait ici, il n'en existait que deux au monde. Maintenant, le mien est foutu. FOUTUuuuuuuuUuuuuu !

M. Auffwarion s'effondre. Ça se comprend. Le petit monde qu'il s'était bâti autour des globes terrestres vient de s'écrouler. Tout ce qu'il lui reste, ce sont les cinq globes qu'il vient d'acquérir pour une petite fortune.

— Vous avez appelé la police ? lui demande Lili.

— Elle arrive d'une minute à l'autre. Mais bon, même zi on attrape zelui qui a fait za, ma collection est foutue. Et je zuis trop vieux pour en recommenzer une nouvelle. La collection que j'avais izi m'a pris une vie à monter... TooUUUTeeee Uneee VIIIIIEEE !

L'antiquaire plonge le visage entre ses mains. Lili et Simon ne savent plus où se mettre.

— Monsieur Auffwarion, risque Simon, c'est sans doute un mauvais moment, mais je me demandais... je veux dire... On a un globe, et on se demandait si vous en aviez déjà vu des comme celui-là.

— Montre, fait Auffwarion en cessant subitement de larmoyer.

Il relève ses lunettes et jette un œil au globe.

— Mmmmmh. Z'est un globe de la Globax[3]. Il a été fabriqué izi, à l'usine de Grise-Vallée.

— D'accord.

— Il date d'une zinquantaine d'années. Ze n'est pas un globe très rare ou particulier. Il est vieux, oui, et en mauvais état. Regarde

_____

3 Le nom de l'usine de globes terrestres de Grise-Vallée. Quoi? Vous l'aviez oublié? Vous voyez, c'est la raison pour laquelle les notes de bas de page existent.

izi, la bosse. Mais z'est un beau globe. Tu pourrais probablement le revendre quinze ou vingt dollars. Z'ai commencé ma collection avec un modèle comme zelui-ci...

— Mais vous n'y trouvez rien de spécial?

— De zpécial?

— Ça pourrait être le globe perdu dont vous nous avez parlé, non?

— Ah! Ah! Za m'étonnerait! Le globe perdu, perzonne ne l'a vu... Mais des globes comme celui-ci, j'en ai vu des zentaines au cours de ma carrière.

Simon se retourne vers Lili et esquisse un sourire. Ce n'est pas le globe perdu. D'accord. Mais Lili est encore inquiète.

Il lui en faudra davantage pour être rassurée.

①⓪ Cette nuit-là

Quelques heures plus tard.
La nuit s'invite et fait comme chez elle.

Dreling! Bling! Breding!
Kaploum!

En entrant au Via Lattea, Simon trébuche sur une valise placée juste devant la porte. Très mauvais endroit pour laisser traîner une valise, en passant.

— Qui a mis ça ici? J'ai l'air complètement ridicule! peste-t-il, étendu de tout son long dans l'entrée du café-crémerie[4].

Lili, qui le suivait, a eu le temps d'éviter la collision.

Il existe trois circonstances qui justifient qu'on laisse des valises près d'une porte.

    1) Avant de partir en voyage.
    2) Lorsqu'un couple se querelle et qu'un des membres décide de déménager.
    3) Quand une femme est sur le point d'accoucher.

— Clémence a eu ses contractions! lance Vito en déposant une autre valise au pas de la porte.

Lili aide Simon à se relever et les deux constatent le branle-bas de combat qui règne au Via Lattea. Au pas de course, Vito

---

4 En effet, il a l'air ridicule.

fait l'aller-retour entre l'arrière-boutique et le café, déplaçant des bagages : des vêtements pour Clémence, des pyjamas pour bébé, un porte-bébé, un sac à couches, un coussin d'allaitement. Tout l'équipement, quoi.

Quant à Clémence, elle est assise au comptoir et souffle bruyamment. Elle se tient le ventre à deux mains, tandis que Clarine lui éponge le front avec une serviette humide. Quelques clients au café se sont approchés de la future mère et tentent de l'encourager.

— C'est le plus beau cadeau du ciel qui arrive, dit l'un.

— Vous allez nous rapporter un beau petit cornichon tout mauve ! dit un autre.

— Quand même, moi, quand j'ai accouché de mon premier, j'avais l'impression qu'une moissonneuse-batteuse voulait me sortir du corps ! lâche une cliente.

— PARTEZ ! PARTEZ TOUS ! hurle Clémence, qui n'a aucunement envie que son accouchement se transforme en téléroman pour les clients du café.

Vito réapparaît à la porte de l'arrière-boutique. Il pousse les curieux vers la sortie en distribuant des coupons pour des cafés gratuits, histoire de se faire pardonner.

— Allez... Lé café est fermé... Révénez plus tard et vous aurez un café ou un gelato gratuit. Jé suis désolé...

En ouvrant la porte du Via Lattea pour laisser sortir ses derniers clients, Vito s'adresse à Lili.

— Tu vas rester ici, lui dit-il. S'il y a quelqué chose, jé suis au bout de mon cellulaire. Jé vais t'appeler aussitôt qué lé bébé sera arrivé...

Lili n'a pas le temps de répondre : un tonitruant « AAAAAaaaaaaaaAAAAh ! » provenant du comptoir prend toute la place.

Clémence a eu une contraction. Et une grosse, semble-t-il.

En moins de deux, Vito vole à ses côtés.

— On s'en va, Climouche... Tu peux té lever ?

Clémence se lève et, en s'appuyant sur Vito, marche à pas de canard jusqu'à l'extérieur. Simon et Lili se retrouvent fin seuls au Via Lattea. Avec Clarine, bien sûr.

— Alors, Lili ! lance la nouvelle serveuse. Tu dois être excitée de devenir grande sœur.

— Très excitée, dit Lili sur un ton qui ne convainc personne.

« Grande sœur », Lili ? Bien sûr qu'elle y a pensé. A-t-elle hâte ? Dur à dire. Tout est allé si vite. Il n'y a pas si longtemps, elle et son père étaient seuls au monde, et le Via Lattea était vide. Désormais, le Via Lattea est toujours bourré de clients, Clémence est apparue dans le décor, Vito n'a d'yeux que pour elle. Et, pour couronner le tout, ils s'épouseront bientôt et ramèneront un bébé de l'hôpital dans moins de quarante-huit heures.

Oui, un bébé qui pleurera jour et nuit, qui remplira entre cinq mille et sept mille couches au cours des deux prochaines années, qui tétera des biberons, qui mettra ses orteils dans sa bouche et qui fera verser une larme de fierté à ses parents chaque fois qu'il bâillera, éternuera, pétera.

On appelle ça le «bonheur».

Non, la vie actuelle de Lili n'a décidément plus rien à voir avec celle d'avant. Cela vient de lui éclabousser le visage. Est-elle satisfaite de cette nouvelle vie? Elle n'y a pas songé sérieusement. De toute façon, avec cette étrange histoire de globes, elle a comme qui dirait la tête ailleurs.

— Simon va dormir ici ce soir, dit Lili à Clarine, une fois Vito et Clémence disparus.

— Ici? Ça m'étonnerait que ton père soit d'accord, fait Clarine avec un air perplexe.

— Ça ne l'a jamais dérangé, ment Lili.

— As-tu peur de rester ici toute seule? demande la serveuse.

— Pas du tout.

— Si tu veux que je dorme ici aussi, ça me ferait plaisir! insiste-t-elle.

Lili regarde le sourire de cette serveuse beaucoup trop gentille. Quelque chose lui échappe.

— Est-ce que... est-ce que mon père t'a payée pour que tu restes ici cette nuit?

— Absolument pas! se défend Clarine. Mais si tu as peur... Je veux dire, je le fais par amitié!

Lili pousse Simon vers l'arrière-boutique pendant que Clarine continue de la regarder.

— Viens, dit-elle à son ami.

Pendant qu'ils disparaissent dans le couloir, cette drôle de serveuse qu'elle ne connaît que depuis une journée les regarde en souriant. Lili a comme un étrange sentiment.

Les deux traversent un couloir conduisant à la portion « maison ». C'est alors que Simon décide de reprendre le contrôle de sa vie.

— Lili, je t'ai dit tantôt que mes parents n'accepteraient jamais que je dorme chez toi!

— Erreur. Tu as dit qu'ils n'accepteraient pas que JE dorme chez TOI. Là, c'est différent.

— C'est la même chose, tu le sais bien.

Lili arrête de marcher et regarde au plafond en soupirant.

— Simon... Simon... Simon... Est-ce que tu comprends qu'ILS sont entrés DANS MA CHAMBRE? Et tu vas me laisser dormir SEULE? Où il est, le Simon qui m'a déjà dit qu'il me SUIVRAIT PARTOUT? Là, aujourd'hui, je te le demande... RESTE AVEC MOI. Bon, ce n'est peut-être pas le globe perdu que nous avons entre les mains. Il reste que... POUTINE! Il reste qu'il se passe DES CHOSES, Simon! Et je ne veux pas être la seule à l'avoir remarqué! OUVRE-TOI LES YEUX! Rappelle-toi que Charles nous parlait des signes... Il y a des signes qui ne trompent pas... Si tu l'as oublié, MOI PAS!

Simon détourne son regard vers la porte de la chambre de Lili. Il sait très bien que, de toute façon, il ne fermera pas l'œil de la nuit. Qu'il soit dans son lit ou sur un matelas à côté du lit de Lili, il ne parviendra pas à s'endormir avant d'avoir élucidé le mystère des globes.

— Tu as un bâton de baseball? finit-il par demander à Lili.

— Mon père a un bâton de hockey.

— Ça va aller.

— Et pour tes parents?

— Je vais leur téléphoner et leur dire que je dors chez Éric-François.

— Il y a un téléphone dans la cuisine.

— Ils ont l'afficheur. Je vais utiliser mon cellulaire.

— Bien pensé.

Lili a préparé une sorte de lit pour Simon. Il «dormira» sur le plancher, dans un sac de couchage posé sur un matelas de camp à peu près aussi mince qu'une feuille de papier. Simon a placé le bâton de hockey de Vito à portée de main. S'il arrive quoi que ce soit, il aura de quoi se défendre. Assise en Indien au milieu de son matelas, Lili griffonne dans son petit carnet noir. Simon surveille la fenêtre. Elle donne sur la rue Principale.

Une nuit gris foncé est tombée sur Grise-Vallée. Sur le trottoir, deux piétons qui reviennent du club vidéo s'empressent de rentrer chez eux munis d'une comédie romantique. Quelques clients sortent du Via Lattea, à l'étage du dessous. Tout à coup, on frappe à la porte de la chambre à coucher.

Toc! Toc! Toc!

— C'est qui? demande Lili.

— Clarine, entend-elle.

— Entre, fait Lili.

La porte s'entrouvre et Clarine passe la tête dans l'embrasure.

— J'ai terminé ma journée. Je rentre, dit-elle. Ça va aller, vous deux?

— Pourquoi ça n'irait pas? rétorque Lili.

— Tu as raison. Dans ce cas, on se voit demain!

— Oui, à demain.

Et Clarine referme la porte, laissant officiellement Simon et Lili seuls. Avec la nuit dehors. Simon s'assoit sur le lit de Lili.

— Demain, je ne pourrai pas dormir ici, dit-il.

— Demain, c'est demain.

— Qu'est-ce que tu écris?

— J'ai commencé à écrire un livre.

— Toi? Un livre? Sur quoi?

— Sur nous.

⑪⑪ La saleté en souvenir

Une maxime scoute dit : « Lorsqu'on quitte
un endroit, on ne laisse derrière soi que des
mercis. »
Mignon comme tout.

Dans l'embrasure de la porte de son bunker,
Charles Fortan s'emplit les yeux de ce lieu
qu'il ne reverra plus. Sa table et sa chaise
grises. Sa couverture grise en boule sur son
matelas gris. Le gris pâle des murs. Le gris
pâle des étagères. Le gris pâle du plancher.
Tout ce temps passé au milieu de ces tons de
gris lui a presque fait oublier l'existence des
autres couleurs.

Une main se pose sur son épaule et le tire
de ses pensées.

— Vous venez, Charles ? fait l'homme aux
lunettes de soleil.

— J'ai toujours pensé que je mourrais ici,
Luis.

— Vous auriez voulu mourir ici ?

— Non. J'y pensais, c'est tout.

— Je comprends.

Charles a vécu ici presque trois ans.
Pourtant, cet abri n'a à peu près pas changé.
D'ordinaire, les gens décorent à leur goût les
lieux qu'ils habitent. Même les prisonniers
égaient leurs cellules avec des affiches, des
bibelots, des photos qu'ils aiment. Du coup, les

murs qui nous protègent du froid et du vent finissent toujours par nous ressembler un peu.

Regardez ceux de votre chambre.

Or, le seul signe du passage de Charles dans ce bunker est la saleté accumulée.

La saleté, c'est tout ce qu'il laissera derrière. Charles se retourne vers Luis.

— Vous avez un briquet? lui demande-t-il.

— Non, mais il doit bien me rester quelques allumettes.

Luis tapote l'une après l'autre les poches de sa veste de cuir couleur d'asphalte. Dans celle de gauche, il trouve une petite boîte d'allumettes écrasée. Il la tend à Charles. Celui-ci l'ouvre, saisit une des deux dernières allumettes, l'enflamme et la jette sur son tas de boîtes de nourriture.

Tel un alpiniste particulièrement doué, la flamme gravit la montagne jusqu'au sommet. Sans rien dire, Charles tourne le dos à ce début d'incendie. Il fait un pas dans le tunnel et referme la porte de son bunker derrière lui.

— Pourquoi avez-vous fait ça ? lui demande Luis.

— J'ai pensé que ce serait bien d'effacer mes traces.

— Je comprends.

Sans rien ajouter de plus, Charles se met à longer le long tunnel de métal ondulé qui relie sa cachette au monde libre. Il laisse une main sur les parois pour garder l'équilibre. Il regarde ses pieds. Ses pas résonnent comme s'il frappait le fond d'une casserole. Luis le suit de près. Le feu, derrière la porte, crépite un peu. On dirait presque qu'il gémit : « Ne pars pas ! Ne pars pas ! »

— Il y a longtemps que je n'ai pas marché sur une aussi longue distance, dit Charles au bout d'une centaine de pas. J'ai un peu le vertige.

— Je comprends.

Le plan est clair. Charles et Luis l'ont révisé avant de quitter le bunker. Ils emprunteront le tunnel menant au sous-sol de l'église. Il aurait été évidemment beaucoup trop risqué de sortir par l'autre tunnel, celui qui mène au bureau de Mme Bondier. Une fois qu'ils auront atteint le sous-sol de l'église, une promenade d'un kilomètre tout de même, un « transport » doit les attendre. De là, ils seront conduits à un endroit sécuritaire.

Charles continue d'avancer. Le tunnel est interminable. Depuis longtemps, les lampes qui l'éclairaient se sont éteintes, et personne n'a cru bon de les remplacer. Il marche dans l'obscurité la plus totale et, contrairement à l'expression bien connue, il ne voit aucune lumière au bout du tunnel. « C'est tout droit », lui a dit Luis.

Luis. Qui est cet homme aux lunettes de soleil ? A-t-il vraiment vécu la vie qu'il lui a racontée hier, au souper ? Et si Luis n'était qu'un mensonge ?

Et si Luis était un Homme en beige ?

Tout à coup, Charles se sent piégé. Derrière lui, un homme qui dit vouloir l'aider.

Devant lui, un tunnel noir menant supposément à la liberté. Mais s'il trouvait au bout de ce tunnel un comité d'accueil formé d'Hommes en beige prêts à lui faire payer sa trahison?

Charles est soudainement pris de panique.

— Je... je ne veux plus partir! Je... je veux rester dans mon bunker!

Il tourne les talons et retourne d'un pas pressé vers son abri.

— Mais, il est en train de brûler, votre trou! lui lance Luis en le rejoignant. C'est vous-même qui venez d'y mettre le feu!

— Je vais l'éteindre... Je ne veux plus sortir! Je vais l'éteindre!

Charles a perdu la raison, c'est clair. On n'éteint pas un incendie en claquant des doigts. N'importe quel pompier le confirmerait.

— Charles, c'est trop tard, vous ne pourrez pas éteindre ce feu, lance Luis pour tenter de le raisonner.

— JE NE VEUX PLUS PARTIR!

— Suivez-moi, Charles.

Mais celui-ci ne veut rien entendre. Arrivé près de la porte, il saisit la poignée, mais elle est brûlante comme un tison et Charles se blesse à la main. Néanmoins, il persiste. Il enroule sa chemise autour de sa main et saisit la poignée à nouveau.

— N'OUVREZ PAS, CHARLES! N'OUVREZ PAS!

Luis est resté à bonne distance de Fortan. On comprend vite pourquoi. Lorsque celui-ci ouvre la porte, une gigantesque langue de flammes s'échappe de l'abri et flambe les poils des narines de Fortan. Quelques centimètres de plus et il était... cuit.

Avant qu'il ait eu le temps de comprendre la situation, Charles se sent tiré vers l'arrière. La main de Luis l'a attrapé par le collet. Et le voilà trimballé comme un vulgaire sac de hockey.

Luis, ancien garde du corps, n'a pas perdu la main pour maîtriser les gens. Malgré sa jambe artificielle, il traite Charles Fortan de la manière dont on traiterait un bagage à main. Charles tente de se libérer, mais rapidement il constate qu'il est inutile de se débattre.

Il se laisse donc traîner pendant plusieurs minutes dans ce tunnel noir, tandis que son bunker se transforme en cendres.

— Lâchez-moi, maintenant, dit Charles au bout d'un moment. J'ai eu un coup de panique, c'est tout. Je vais mieux, maintenant.

— Je comprends.

D'un geste, l'homme aux lunettes de soleil dépose l'ex-journaliste de la décennie sur ses pieds. Celui-ci replace ses vêtements.

— Nous y voilà, dit Luis. La porte.

Charles tâte la surface froide, lisse et noire devant lui.

— Derrière cette porte se trouve, pour vous, un nouveau commencement, reprend

Luis. Vous allez renaître, Charles. Vous étiez un Homme en beige ; dorénavant, vous serez un Diffuseur.

— Épargnez-moi vos discours, Luis. Je n'ai toujours pas accepté de devenir un Diffuseur, ne l'oubliez pas. Et si je refusais ?

— Vous refusez de franchir cette porte ?

— Non, mais si je refuse de devenir un Diffuseur ? C'est vrai, quoi ! Vous m'avez tiré de mon trou, vous m'avez raconté votre vie, vous m'avez traîné jusqu'ici de force... Mais jamais vous ne m'avez demandé mon avis. Si je refuse de devenir un Diffuseur, qu'est-ce qu'on fait ?

— Vous seriez idiot de refuser.

— Ça, c'est votre opinion.

Luis inspire profondément avant de répondre. Il réalise que Charles Fortan n'est pas homme à se laisser mener par le bout du nez. Il a toujours fait à sa tête, et presque trois ans de solitude ne semblent pas avoir modifié ce trait de caractère.

— Vous avez raison, finit par dire l'homme aux lunettes de soleil. Vous pourriez refuser de vous joindre à nous. Alors, vous seriez seul là-haut, dans le vrai monde. Combien de temps pensez-vous tenir avant que les Hommes en beige ne vous mettent le grappin dessus ?

Charles ne répond pas. Luis profite de son silence pour clore le débat :

— On l'ouvre, cette porte ? Il faudra y mettre du muscle. Si ma mémoire est bonne, une bibliothèque est placée de l'autre côté.

— Je ne sais pas du tout dans quoi je me suis embarqué, raille Charles tout en se retroussant les manches.

Néanmoins, il appuie son épaule contre la porte. À l'aide de ses jambes, il pousse le plus fort possible. La porte ouvre d'à peu près un millimètre.

— Un peu plus de vigueur, tout de même, dit Luis en ricanant.

— Si vous êtes si fort, essayez donc pour voir !

— J'y compte bien.

Luis fait quelques rotations avec ses bras et se fait claquer les vertèbres du cou. Puis, d'un geste, il se penche tout en remontant le bas de son pantalon jusqu'à sa cuisse. Il fait voir à Charles sa jambe artificielle, qu'il décroche soudainement en appuyant sur un loquet. Il tend ensuite sa prothèse à Fortan.

— Prenez ma jambe, s'il vous plaît.

Charles saisit l'objet de plastique et de métal avec une sorte de dédain. En fait, c'est surtout de la surprise. Dans sa vie, Charles s'est fait donner la main par un tas de gens et au moins trois femmes lui ont donné leur cœur. Mais une jambe, jamais personne ne lui en a donné une.

En sautillant sur son autre jambe, Luis plaque son dos contre la porte. Puis, il enfonce le talon entre deux rainures du tunnel en métal ondulé et pousse avec les muscles de la cuisse. Même amputé de la moitié de ses jambes, Luis fait preuve d'une force impressionnante. Voilà le genre d'homme auquel on ne veut pas se mesurer au tir au poignet.

Le bruit d'un gros meuble que l'on pousse sur un sol dur se fait entendre. De l'autre côté de la porte, la bibliothèque glisse lentement, mais sûrement.

Après quelques secondes, l'ouverture est suffisante pour laisser passer les deux hommes. Charles redonne sa jambe à Luis.

— Bravo pour le tour de force, lui dit-il. Voici votre prix.

— Un humoriste en plus, voyez-vous ça! fait Luis en remettant sa jambe artificielle en place.

Sans renchérir, Charles passe la tête dans l'embrasure. Personne.

Le sous-sol de l'église est sombre et silencieux. La lumière orangée du jour qui tombe passe par les fenêtres près du plafond. Dans le vaste espace, on distingue les silhouettes d'objets hétéroclites. Des montagnes de n'importe quoi semblables à des pyramides improbables. La crasse est omniprésente. Cela doit faire un bail que cet endroit n'a pas reçu la visite d'un balai.

Charles avance, suivi de Luis.

— Vous saignez du nez, lui dit Charles en remarquant la goutte de fluide rouge vin qui coule d'une de ses narines.

— Je sais. Cela m'arrive parfois quand je force.

Tout à coup, la lumière des phares d'un véhicule traverse la rangée d'étroites fenêtres.

— Le transport est à l'heure, dit Luis. Venez, vite !

L'homme aux lunettes de soleil slalome entre les buttes d'articles usagés qui occupent le sol, suivi de Charles. Après avoir contourné un tas de vieux jouets, un autre tas d'articles de jardin et un quartier complet d'électroménagers, les deux atteignent la porte extérieure.

Luis est le premier à l'ouvrir. Une jeep est arrêtée juste devant, une roue sur le trottoir. Le moteur tourne encore et la portière est déjà ouverte. Luis s'y engouffre.

Charles sort à son tour. Aussitôt à l'extérieur, l'air frais de cette fin de soirée le fait toussoter. Ses poumons, habitués à respirer l'air malpropre du bunker, sont surpris par cette soudaine abondance d'oxygène.

Fortan entre dans la jeep et referme la portière. Le véhicule démarre aussitôt et quitte le stationnement de l'église. C'est alors que Charles sent un objet dur dans son dos. Il se relève et trouve un appareil photo laissé sur la banquette.

— Pourvu que personne ne nous ait vus, dit Luis entre ses dents.

— Sûr que non ! lance le chauffeur en lançant un regard à ses passagers à travers le rétroviseur.

Cet appareil photo... Cette voix... Charles se penche jusqu'à l'avant du véhicule. Le chauffeur se retourne et lui jette un œil rapide.

— Charlie! C'est bien toi? dit le chauffeur. T'es maigre comme un vieux cheval!

— B... Bob?

① ② Une visite surprise

Trois minutes après minuit.

Voici de quoi Simon et Lili ont parlé (avant que Lili s'endorme) :
- de leurs aventures incroyables jusqu'ici (soit leur captivité dans le trou de virullite, l'entrevue avec Barnumans, leur expérience de la tache des cauchemars, la visite à l'Institut psychiatrique de Radicelle, leur entretien avec les oiseaux électroniques, et j'en passe) ;
- de Mme Bondier (sa vie, son secret) ;
- de M. Auffwarion, l'antiquaire, et de ses globes noirs ;
- du dernier horoscope de Lili ;
- de tout ;
- de rien.

Ah oui, j'oubliais : ils ont parlé d'eux, aussi. « Nous deux, dans un an... on sera où, tu penses ? » a demandé Lili. Simon n'a pas répondu. Tout comme Lili, il a du mal à concevoir que, dans un an, ils seront tous les deux ailleurs. Mais vraiment. C'est fatal, ils terminent tous les deux leur cinquième secondaire. Après, il y aura les vacances estivales. Et après, il y aura le collège. Simon étudiera en photographie au Collège de Taffanel. Un établissement réputé, dont le seul défaut est d'être situé à quatre cent trente-quatre kilomètres de Grise-Vallée. Lili, elle, ne sait pas encore où elle ira étudier. Peut-être à Hyatt's Mill, à trente minutes de Grise-Vallée.

Dans un an, Simon et Lili ne se verront plus tous les jours. Ils se verront l'été et pendant les vacances de Noël, et c'est tout. « Je ne peux pas croire qu'on ne se verra plus... Après tout ce qu'on a vécu ensemble », a dit Lili. Ce à quoi Simon a répondu : « Tu sais, Internet va encore exister dans un an. On va pouvoir se voir tous les jours si tu veux. » « C'est différent, tu sais ce que je veux dire », a répondu Lili, pensive.

Mais Simon ne savait pas au juste ce qu'elle voulait dire.

De toute façon, maintenant, elle dort. Pas la peine de la réveiller pour le lui demander. Qu'elle ait réussi à s'endormir malgré les événements de la journée est déjà un miracle.

Simon est étendu sur le micro-matelas de camp posé directement sur le sol. Une planche de bois aurait été aussi confortable.

Ses deux mains serrent le bâton de hockey de Vito si fort que ses jointures sont toutes blanches. *Il doit être minuit. Peut-être plus*, se dit-il.

La nuit est silencieuse. La maison des Piccione tout entière semble retenir son souffle. Simon écoute le silence lorsque...

Cooooouuuuuic !

C'est bien le son d'une poignée de porte qui tourne. Simon serre son bâton de hockey et tend l'oreille pour être sûr de ce qu'il a entendu.

Cooooooouuuuuiiiic!

La poignée tourne. Quelqu'un entre dans la chambre à coucher. Dans le meilleur des cas, il s'agit de Vito qui revient de l'hôpital.

Dans le pire des cas...

Hiiiiiiiiiiiiiiiiiiiiiiin!

La porte s'entrouvre. Un filet de lumière provenant du couloir s'infiltre dans la pièce. Simon étrangle son bâton. Il attend. Ce qu'il craignait est en train d'arriver.

Dans son sac de couchage, il ne remue pas d'une molécule. S'il doit frapper cet intrus, mieux vaut attendre de l'avoir devant lui. S'il s'agit de Vito, alors il pourra se retenir à temps. Déjà qu'il aura à expliquer pourquoi il se trouve dans la chambre de sa fille... Il ne veut pas, en plus, avoir à expliquer pourquoi il l'aurait assommé avec son bâton de hockey. Et s'il s'agit d'un véritable intrus, du genre Homme en beige, il n'aura qu'une occasion de le frapper. Une seule. S'il rate son coup, il est fichu. Et Lili aussi.

Hiiiiiiiiiiiiiiiiiiiiiiin!

Un soulier brun entre, suivi d'un deuxième. Bientôt, l'ombre étirée d'un homme fait son entrée. Dans la pénombre, Simon ne parvient pas à distinguer les traits de son visage. Sous le sac de couchage, il sent la panique partir de ses orteils et remonter jusqu'à la pointe de ses cheveux. Il n'en peut plus. L'ombre avance encore.

Ce n'est pas Vito. C'est clair. Alors, qui? Peu importe. Simon doit défendre Lili, là, tout de suite.

Il bondit soudainement, faisant voler le sac de couchage qui le recouvrait. Armé de son bâton, il saute vers l'inconnu en hurlant.

— YAAAAAAAA!

Et c'est alors qu'il est suspendu en plein vol que la lumière du couloir lui révèle celui qu'il s'apprête à attaquer. Il tente de ralentir son coup de bâton, mais la crosse atteint tout de même l'épaule de l'homme.

Celui-ci s'effondre en se tordant de douleur.

Aussitôt, deux autres hommes pénètrent dans la chambre. L'un deux allume la lampe et découvre la scène.

— Mais que se passe-t-il ici? lance-t-il.

Au pied du lit de Lili, l'homme que Simon vient de frapper est accroupi et se masse l'épaule. Même s'il n'est plus qu'un paquet d'os, Simon le reconnaît.

C'est Charles Fortan.

Le vacarme a réveillé Lili, bien sûr. Elle s'est réfugiée sur le côté de son lit près de la fenêtre. Elle se protège avec sa lampe de chevet transformée en projectile potentiel.

Dans l'embrasure de la porte, l'homme aux lunettes de soleil tente de calmer tout le monde.

— C'est nous! C'est nous! dit-il.

Il y a quelques mois déjà que Simon et Lili n'avaient pas vu Luis. Et il y a encore plus longtemps qu'ils n'avaient pas vu le dernier homme complétant ce trio d'«intrus». Bob Paca rit de bon cœur devant la situation.

— Alors, on a eu peur, les jeunes? lance-t-il.

— Luis... dit Lili. Où étiez-vous passé? Et que faites-vous ici?

— Charles... Charles Fortan... renchérit Simon en laissant tomber son bâton de hockey, dépassé par les événements.

— As-tu pensé à une carrière dans la ligue nationale? lui demande le journaliste en se relevant. T'as un bon coup de bâton!

— Alors, tu as décidé de sortir de l'abri nucléaire? demande Lili.

— «Décidé» est un grand mot. Disons que quelqu'un m'a fortement poussé à le faire, répond-il en jetant un regard à Luis. Mais bon, je suis là.

— Ça fait tellement longtemps! s'exclame Simon. Dans mon souvenir, tu étais beaucoup plus costaud.

— Toi aussi, tu trouves? Misère... Est-ce que j'ai l'air d'un squelette ou quoi?

— Ce serait insultant pour les squelettes! plaisante Paca en flanquant une bonne claque dans le dos à son vieil ami.

Tout le monde (sauf Luis) éclate de rire.

— Ça suffit, lâche l'homme aux lunettes de soleil. Vous avez bien gardé le globe de Mme Bondier? demande-t-il à Simon et

Lili en fouillant du regard la chambre à coucher.

— Comment savez-vous pour le globe? fait Lili.

— C'est moi qui vous l'ai fait envoyer. J'ai passé les derniers mois chez Mme Bondier. Elle m'a accueilli et soigné. Alors, où est le globe?

L'homme aux lunettes de soleil semble pressé, aussi Lili ne lui fait pas perdre de précieuses secondes avec ses questions.

— Au sous-sol, dit-elle en sautant par-dessus son lit.

Elle se dirige vers le couloir, suivie des trois hommes et de Simon (qui est un homme aussi, cela dit).

Deux étages plus bas, Lili ouvre le coffre à vêtements de sa mère. Elle y trouve le globe, qui dort bien au chaud dans une veste de laine tricotée à la main.

Lili le saisit et le tend à Luis.

— Un antiquaire nous a dit que ce n'était pas le globe perdu… dit-elle.

— Vous l'avez montré à un antiquaire? fait Luis en prenant le globe des mains de Lili. À quoi avez-vous pensé? Mme Bondier vous avait pourtant bien écrit dans sa lettre que ce globe devrait «rester secret»!

— Hein? Pas du tout, répond Simon. Elle nous a seulement écrit un petit mot du genre: «Voici mon cadeau d'adieu.»

Sans répondre, l'homme aux lunettes de soleil inspecte le fameux globe. Autour de lui, tout le monde attend impatiemment qu'il lève enfin le voile sur les mystères entourant cette boule cabossée. Luis n'en fait rien. Au lieu de cela, il lance violemment le globe de Mme Bondier.

— HÉ! QU'EST-CE QUE VOUS FAITES? s'écrie Simon tandis que le vieux globe de métal s'écrase l'Europe contre un mur.

— Ce n'est pas le globe que je vous ai fait parvenir, dit Luis d'une voix orageuse.

— Quoi? Mais c'est celui que j'ai reçu l'autre jour, par le facteur! atteste Lili.

— Non... Ce n'est pas le même. Ce globe n'a rien d'exceptionnel, je veux dire, ce n'est pas LE globe.

— Mais je vous jure, c'est celui que m'a livré le facteur...

Luis hoche la tête.

— Le facteur... murmure-t-il. Bien sûr, le facteur...

①③ Une autre visite surprise

Quatre minutes après minuit.

Martin Bieck ouvre un œil. Il a comme l'étrange impression d'avoir entendu quelqu'un chuchoter. D'une main, il tâte l'autre côté du lit. Une cuisse. Un bras. Sa Doris adorée est toujours là. Elle dort. Martin Bieck referme les yeux.

— PSSSSST!

Cette fois, tout son être se raidit, jusqu'aux poils des orteils. Il a entendu un bruit, il en est convaincu. De son autre main, il cherche l'interrupteur de sa lampe de chevet. *Clic!*

— Bonjour, monsieur Bieck, lui dit une voix de femme juste à côté de lui.

Un saut périlleux plus tard, Martin Bieck découvre une femme dans son lit. J'ai bien dit « une » femme. Pas SA femme.

Vous savez, cette célèbre peur d'enfant du monstre caché sous le lit? Elle vient de se matérialiser pour Martin Bieck. Sauf qu'il ne s'agit pas d'un monstre sous le lit, mais d'une jeune femme, étendue par-dessus les couvertures, une jambe reposant sur l'autre, lui souriant d'un air coquin. Néanmoins, malgré cette légère différence, la frayeur est la même.

— Joli pyjama, dit l'inconnue.

Martin Bieck se regarde. Oui, il a une passion pour les petits oursons, et cela ne concerne personne d'autre que lui. Poursuivons. Notre facteur, dans l'état que vous imaginez, hurle :

— QUI ÊTES-VOUS ?

Aussitôt, il sent qu'on l'agrippe. Par-derrière, quelqu'un lui saisit les bras. Puis, une autre personne qu'il n'arrive pas à voir lui immobilise les jambes. C'est alors qu'un troisième homme, une énormité de muscles, apparaît devant lui et attrape sa mâchoire pour l'empêcher de bouger la tête. Seul contre trois, Martin Bieck est foutu.

Pendant ce temps, la femme dans le lit se lève nonchalamment.

— OÙ EST MA FEMME ? MAIS QUI ÊTES-VOUS À LA FIN ? crie Martin Bieck, la voix étranglée, en tentant sans succès de se déprendre.

— Votre femme est au bord de la piscine, lui répond l'inconnue.

Puis, elle s'approche de lui et le regarde droit dans les yeux. Martin Bieck se sent comme une truite hors de l'eau, coincée entre les grosses mains rudes du pêcheur.

— Où est le globe, monsieur Bieck ? demande la jeune femme.

— QUEL GLOBE ? JE N'AI PAS DE GLOBE !

L'inconnue baisse les yeux, manifestement déçue de cette réponse. Elle plonge alors la main dans la poche de son pantalon et en ressort un long gant gris.

Elle l'enfile en prenant tout son temps.

Martin Bieck ne comprend pas ce qui lui arrive. Il cherche toujours à se libérer, en vain, de l'emprise du rustre qui le retient. Il comprend que ces gens ont kidnappé sa femme et qu'ils cherchent... un globe.

— J'AI LIVRÉ LE GLOBE! JE L'AI LIVRÉ CE MATIN, PROMIS! crie-t-il à tue-tête.

— Calmez-vous, monsieur Bieck, reprend la jeune femme au gant gris. Nous savons.

— VOUS SAVEZ QUOI?

— Nous savons que vous avez pris le globe qui se trouvait dans le colis...

— C'EST FAUX! C'EST FAUX!

— Vous mentez, monsieur Bieck. Où est le globe qui se trouvait dans la boîte?

— M... M... MAIS... JE... JE... VOUS JURE QUE...

D'un regard perçant, la femme farfouille le regard de Martin Bieck à la recherche d'un mensonge. Le facteur ne sait plus où regarder. Devant lui, il y a cette femme au sourire sadique et cette grosse brute qui lui écrase toujours la mâchoire. Derrière, il y a ces deux autres types qu'il imagine aussi costauds que l'autre.

— C'est une très mauvaise idée que vous avez eue de prendre ce globe, monsieur Bieck, reprend la femme.

— JE... JE... NE L'AI PAS... JEEE NEEEE L'AAAIIII PAAAAAS! pleurniche-t-il.

Debout dans sa chambre, à deux doigts de mouiller son pyjama à oursons, Martin Bieck ressemble au gamin terrorisé par les monstres qu'il fut jadis.

La femme lève le bras et, après un dernier sourire, pose sa main gantée sur les tempes du facteur. Immédiatement, celui-ci s'effondre comme une vieille couverture jetée au sol.

Bye bye.

🔍

Un des trois Hommes en beige flanque le corps de Bieck sur son épaule, comme s'il s'agissait d'une selle pour monter à cheval. C'est alors qu'un téléphone cellulaire sonne. La jeune femme tire l'appareil de sa poche et répond :

— J'écoute.

— Mes U.R.U.B.U.S. les ont vus se diriger vers la maison du facteur, dit la Dame au bout du fil. Partez.

— Tout de suite, madame.

① ④ Jamais deux sans trois

Vingt-deux minutes après minuit.
Tant qu'à s'être farci deux visites surprises en deux chapitres...
pourquoi pas une troisième?

En constatant que le globe dans le coffre de la mère de Lili n'était pas celui de Mme Bondier, Luis n'a pas hésité.

— On va rendre visite à ce farceur de facteur, a-t-il dit.

— En pleine nuit? a rétorqué Fortan.

— Absolument.

Il a tout pigé. Le «généreux salaire» que Martin Bieck a reçu en échange de la livraison du colis ne pouvait faire autrement qu'exciter sa curiosité. Il a dû se douter que ce paquet contenait un truc de grande valeur. Une grand-mère ne payerait pas son facteur vingt mille dollars pour livrer une simple boîte de biscuits faits maison à ses petits-enfants.

Voilà d'ailleurs pourquoi Luis s'était opposé à ce que le facteur reçoive une telle somme. Mais Mme Bondier avait insisté. «Pour le remercier», avait-elle indiqué. Et voilà le résultat. On peut imaginer ce qui s'est passé ensuite. Lorsque Martin Bieck a découvert le globe perdu dans la boîte, il l'a pris. Puis, il s'est trouvé un globe quelconque et l'a enveloppé soigneusement.

Et c'est ce globe sans intérêt qu'il a livré à la salle de rédaction du *Cratère*, à l'attention de Simon et Lili.

Il s'imaginait sans doute que sa ruse à deux sous allait passer comme une lettre à la poste. Et probablement que, dans sa petite tête, il n'avait aucune idée du pétrin dans lequel il venait de se mettre les pieds.

$$\mathcal{Q}$$

Simon et Lili ont enfilé en vitesse des vêtements par-dessus leur pyjama. Tout le monde s'est engouffré dans la jeep de Bob Paca. Et, après avoir roulé jusqu'aux limites de Grise-Vallée, notre petit groupe s'est arrêté devant la maison du facteur-voleur. Une fermette convertie en maison moderne, entourée de champs de maïs.

L'homme aux lunettes de soleil sort du véhicule et grimpe lentement les quatre marches du perron en s'appuyant sur la rampe. Pour sa jambe artificielle, les escaliers représentent encore un défi. Devant la porte, il appuie à fond sur la sonnette.

Diiiiiiiiiiiiiiiiiinnnnnnnnnnng !
Doooooooooonnnnnnnng!

Simon, Lili et Charles Fortan et Bob Paca sont entassés derrière lui.

Pendant le trajet, Lili a voulu en savoir plus sur tous ces mystères qui s'accumulaient depuis trois jours.

— Et celui qui a peint en noir mon globe et ceux de M. Auffwarion... c'est aussi le facteur? a-t-elle demandé.

— Ça m'étonnerait, a répondu Luis.

Celui-ci a alors révélé le secret du globe perdu.

— Si vous regardez le globe perdu à l'œil nu, a-t-il expliqué, vous ne trouverez jamais l'île de Titor. Par mesure de sécurité, l'île a été inscrite sur le globe à l'aide d'une encre invisible. Cette encre, en revanche, repousse la peinture. Un peu comme un savon à vaisselle de marque populaire repousse la graisse. Alors, le seul moyen de faire apparaître l'île de Titor sur la surface du globe perdu, c'est de le peindre.

Ceci expliquait donc cela. Ceux qui ont peint les globes de M. Auffwarion ne cherchaient donc pas à vandaliser de superbes pièces de collection. Ils cherchaient le globe perdu.

— Ça ressemble au travail des Hommes en beige, a dit Luis.

Q

Diiiiiiiiiiiiiiiiiinnnnnnnnnnng !
Dooooooooooonnnnnnnng!

Après trois coups de sonnette, Martin Bieck n'est toujours pas apparu à la porte.

— Il est peut-être parti? suggère Simon.

— Peut-être qu'il ne veut pas répondre...

Luis tourne la poignée de la porte d'entrée. Surprise: elle n'est pas verrouillée.

— Entrons.

Et les cinq, à pas feutrés, pénètrent chez Martin Bieck.

Dans le vestibule, ils trébuchent sur cinq paires d'espadrilles bien alignées.

— S'il est parti, il n'a pas dû mettre ses souliers... remarque Fortan.

— Soyons prudents. Il nous attend peut-être, prévient Luis.

À l'intérieur, ils trouvent une maison tout ce qu'il y a de plus ordinaire. La déco est une tentative maladroite de ressembler à un catalogue IKEA. Aux murs sont accrochées des reproductions bon marché de peintures abstraites. Le vieux plancher de lattes craque sous leurs pas.

Luis avance dans le hall et pénètre dans la pièce au fond. Il allume. C'est la chambre principale. Une porte-fenêtre donne directement sur la cour arrière.

— Il n'a pas l'air d'être dans le coin, dit Luis en constatant que le lit est vide (et défait).

Les autres le rejoignent. Tout le monde se retrouve bientôt dans la chambre du facteur. C'est à ce moment que Luis relève la tête tel un chien de prairie qui aurait flairé quelque chose au loin. Son attention est attirée par une lueur qui bouge à l'extérieur.

— Cachez-vous, ordonne-t-il aux autres.

En longeant le mur, Luis s'approche de la porte-fenêtre puis s'accroupit. Il tire un coin du rideau pour jeter un œil dehors. La lumière mouvante provient des lampes sous-marines de la piscine creusée installée dans le jardin. Quelqu'un les a laissées allumées.

Luis ne cherche pas longtemps avant de trouver ce « quelqu'un ».

Sur le bord de la piscine, deux personnes sont allongées sur des chaises longues et semblent se faire bronzer... à deux heures du matin !

Si le bronzage de nuit est une nouvelle mode, Luis n'en a jamais entendu parler. En attendant, tout cela paraît très, très louche.

— Fortan, chuchote-t-il. Suivez-moi. Il y a du monde dehors.

— Qui ?

— Sans doute notre homme. C'est bizarre...

— Quoi ?

— Ils sont étendus sur des chaises longues.

— Ils dorment ?

— On dirait bien. Restons sur nos gardes. C'est peut-être un piège.

— Et nous ? demande Bob Paca.

— Planquez-vous derrière la commode.

Luis fait coulisser la porte-fenêtre et, suivi de Fortan, met le nez à l'extérieur. Il se retourne ensuite vers Simon, Lili et Paca.

— Si jamais il nous arrivait quelque chose, ne tentez pas de venir à notre secours. Déguerpissez.

🔍

Dans le jardin, Luis et Charles contournent un bosquet et réveillent quelques papillons nocturnes, qui se mettent à voler malhabilement.

Lentement, ils avancent vers les deux dormeurs en maillot de bain. On n'entend que le clapotis de l'eau de la piscine et le ronronnement du filtreur.

En posant le pied sur le ciment qui entoure la piscine, Luis est assez près pour reconnaître l'homme sur la chaise longue. C'est bien Martin Bieck. Couché sur le dos, les bras le long du corps. Soit il est endormi...

... soit il est mort.

Une femme, celle du facteur sans doute, occupe la chaise d'à côté.

Déterminé à ne courir aucun risque, Luis saisit le puisoir laissé sur le bord de la piscine. Puis, il se sert du manche télescopique pour tâter le corps inerte du facteur, tout en gardant une bonne distance.

Le tube d'aluminium accroche son flanc, mais le facteur ne réagit pas. A-t-il les yeux clos? Impossible de le savoir puisqu'il porte des verres fumés. Luis dirige alors le manche du puisoir vers la tête de Bieck et, d'un coup de poignet, fait sauter ses lunettes de soleil.

Rien. Le facteur « délunetté » reste aussi immobile qu'un cadavre.

— Ils respirent, dit Fortan en remarquant les poitrines des deux se soulever et redescendre.

— Bon sang! Qu'est-ce qui se passe? fait Luis.

Fatigué de toutes ces précautions inutiles, Fortan décide qu'il n'attendra pas le lever du jour pour tirer cette affaire au clair. Il s'approche des chaises longues d'un pas décidé. Une fois près du facteur, il note que celui-ci a les yeux ouverts... mais vides.

Un coulis de salive forme un ruisseau jusque dans son cou.

— Je connais cet air de poisson mort, dit Luis en rejoignant Fortan.

— Les Hommes en beige sont passés par ici.

Fortan plie les genoux en s'approchant de Martin Bieck. Il remarque qu'une enveloppe est collée avec du ruban adhésif sur la poitrine velue du facteur. Charles l'arrache sans délicatesse. À l'intérieur de l'enveloppe se trouve un très court message, écrit à la main sur une feuille

Le crime ne paie pas.

①⑤ Un globe plus perdu qu'on le croyait

Trente-neuf minutes après minuit.
Les ennuis commencent... maintenant.

— Je pense qu'ils discutent avec le type dans la chaise longue, chuchote Lili.

— Attendez une minute, fait alors Paca.

Le « meilleur photographe de la décennie » saisit l'appareil photo qui pend autour de son cou et colle son œil dans le viseur. D'une main, il tourne la bague du téléobjectif. Voilà une longue-vue convenable dans les circonstances.

— Le type a l'air endormi, dit Paca. Et la femme à côté de lui aussi.

— Qu'est-ce qu'ils attendent pour revenir? demande Simon.

— Ah... Je les vois... Ils avancent vers nous... Je vois Charles ouvrir la porte-fenêtre, et maintenant ils...

— Ça va, ils sont revenus, l'interrompt Lili.

Charles et Luis restent debout près de la commode. Luis gratte nerveusement sa joue mal rasée.

— Ces deux-là ont la cervelle caramélisée, lâche-t-il. Les Hommes en beige sont passés avant nous.

— Alors, qu'est-ce qu'on fait ? demande Paca.

— Si les Hommes en beige les ont endormis, c'est qu'ils n'avaient plus besoin d'eux, continue Luis. À mon avis, ils ont dû retrouver le globe.

— Logique, note Paca.

— Nous n'avons plus rien à faire ici, en conclut l'homme aux lunettes de soleil.

Et c'est à ce moment précis qu'un craquement venant du plafond fait sursauter tout le monde. Ce bruit n'a rien à voir avec ceux qu'émettent normalement les maisons d'un certain âge. Quelqu'un se trouve à l'étage du dessus. Aussitôt, Luis se jette sur la porte de la chambre et la ferme.

— Merde ! laisse-t-il tomber.

— Quoi ? fait Lili.

— ILS sont encore dans la maison.

Lili se blottit contre Simon. Fortan et Paca s'approchent de la porte pour tenter d'entendre la présence de l'Homme en beige.

Des bruits de pas descendant l'escalier confirment ce qu'a annoncé Luis.

Crââââââk... Crââââââk...
Crouiiiiiiiiik...

Sous les pas, chaque marche émet une plainte rauque (et pas du tout rassurante).

Cherchant une solution, Luis s'approche de la commode et la pousse contre la porte.

— Aidez-moi, dit-il aux autres. Nous allons bloquer la porte avec tout ce qu'on a sous la main.

Charles et Bob s'exécutent sur-le-champ. Ils saisissent le lit, qu'ils placent à la verticale contre la porte. Lili attrape une table de chevet et la coince dans l'espace entre la commode et le lit. Simon se charge de l'autre table de chevet. En la soulevant, il fait cependant tomber son tiroir. Son contenu se répand sur le sol.

Un stylo. Un vieux bracelet de montre brisé. De la soie dentaire usagée. Des élastiques. Une édition du magazine *Le Postier moderne*. Un lacet. Et une enveloppe étrangement épaisse.

Simon la saisit, la soupèse et découvre en l'ouvrant qu'elle contient une liasse de billets de banque. Des tas de cent dollars. Une vraie fortune. Sans réfléchir, il la glisse dans la poche arrière de ses jeans.

Personne ne l'a vu.

Puis, il ajoute la table de chevet à la montagne d'objets qui bloque désormais la porte de la chambre. Une patère en bois placée de travers complète la précaire installation.

Bob, Charles, Simon, Lili et Luis se retrouvent maintenant dans une pièce à peu près vide. Il n'y a plus de meubles à utiliser pour obstruer l'entrée de la chambre de Martin Bieck.

Lili est prise de tremblements. Simon se ronge l'intérieur de la joue. Luis, quant à lui, inspecte les lieux en cherchant manifestement un moyen de ficher le camp.

Ce qui devait arriver arrive alors. On entend frapper à la porte.

Toc! Toc! Toc!

Tout le monde retient son souffle. Pas question de répondre, évidemment.

Toc! Toc! Toc!

Trois nouveaux coups, cette fois suivis de quelques mots...

— Je crois que nous voulons la même chose, entendent-ils.

Derrière la porte, une voix féminine. Luis ne répond pas. Il s'attendait à un Homme en beige. C'est une Femme en beige, en fin de compte. Peu importe. Les cœurs de Simon et Lili ont cessé de battre. Charles, Fortan et Luis sont accroupis près de la barrière de meubles.

— C'est... c'est la Dame, tu penses ? demande Lili à Simon.

— Chuuut!

L'heure n'est pas aux suppositions. Luis se rend jusqu'à la porte-fenêtre, l'ouvre et jette un œil dehors. Puis, il revient auprès de Simon et Lili.

— Vous allez partir, leur dit-il.

Mais avant que Simon et Lili aient eu le temps de répondre, la femme derrière la porte se remet à parler.

— Ouvrez cette porte. Nous devons discuter, ordonne-t-elle.

Charles Fortan ne peut s'empêcher de lui répondre :

— Rendez-nous le globe perdu! Il est à nous!

De l'autre côté de la porte, on entend un ricanement moqueur. Entre ceux de la femme, on distingue à l'oreille les rires d'au moins deux ou trois hommes. C'est confirmé : ils sont plusieurs. Voilà qui complique les choses. Combien sont-ils derrière cette porte ? La femme reprend :

— Ce globe perdu serait donc plus perdu qu'on le croyait ! Allons... Soyons sérieux. Votre facteur ne l'a pas volé, nous le savons. Il vous a livré le globe, alors rendez-le-nous.

— Pensez-vous que nous serions ici cette nuit si nous l'avions, ce globe perdu ? lance alors Charles.

— Ouvrez cette porte, répète la femme avec un peu plus d'insistance.

— Je connais cette voix, dit alors Lili.

— Moi aussi... mais je n'arrive pas à trouver, ajoute Simon.

— On n'a pas le temps, fait Luis en attrapant les deux jeunes par les épaules. Vous allez vous enfuir. Tout de suite. Vous allez contourner la piscine creusée, piquer à travers les champs de maïs, retourner à Grise-Vallée et vous cacher jusqu'au lever du soleil. C'est compris ?

— Mais... et vous ? demande Lili.

— Charles, Bob et moi restons ici. Si on part avec vous, les Hommes en beige nous pourchasseront. Si on reste, ils vont s'en prendre à nous et vous laisser tranquilles. Maintenant, PARTEZ !

Pressés par Luis, Simon et Lili se dirigent vers la porte-fenêtre. D'un côté, ils ont hâte de décamper. De l'autre, ils se font du souci pour leurs trois amis. Et c'est au moment de mettre le pied dehors qu'ils entendent un grand fracas du côté de la porte.

BRAAAAAK!

La montagne de meubles vacille. La table de chevet au sommet dégringole et s'écrase la figure contre le plancher. On vient d'enfoncer la porte. Cette Femme en beige et ses acolytes ont sans doute fini par comprendre qu'on ne leur ouvrirait jamais. « On n'est jamais si bien servi que par soi-même », comme le dit l'expression.

Simon court vers la piscine creusée sans attendre Lili. Celle-ci hésite encore à partir. Elle regarde Charles, Paca et Luis se préparer à affronter cette Bande en beige. Un deuxième coup est asséné à la porte de la chambre de Martin Bieck.

BRAAAAAK!

Cette fois, le bois cède. Un trou horrible dévisage la porte. Une main épaisse passe par l'ouverture et repousse les meubles qui empêchent encore les malfrats d'accéder à la chambre.

Et c'est au moment où Lili se décide enfin à s'enfuir qu'elle voit une tête passer dans la fissure de la porte.

Elle aperçoit le visage de la Femme en beige qui, depuis tantôt, leur ordonne d'ouvrir la porte. En la voyant, cette dernière lui envoie un large sourire.

Lili la reconnaît tout de suite.

— Clarine?

— Bonjour, Lili! fait l'autre.

À travers l'ouverture, Lili note que derrière l'employée de son père se trouvent au moins trois Hommes en beige. De taille gigantesque. Ce sont eux, sans doute, qui s'occupent des « travaux manuels ».

— Je sais que tu as le globe perdu, Lili. Donne-le-moi, et il n'y aura pas de dégâts, lance Clarine.

— ON NE L'A PAS! crie Lili avant de déguerpir à toute allure.

Alors qu'elle court le plus vite que ses jambes le lui permettent jusqu'au champ de maïs, Lili n'arrive pas à croire ce qu'elle a vu. Clarine. Qui l'aurait cru? Cette jeune femme tout sourire. Lili aurait pourtant dû voir les signes. Clarine était la seule au Via Lattea lorsque le globe dans sa chambre a été peint en noir. Pourquoi Lili ne l'a-t-elle jamais soupçonnée?

Et dire que, dans la soirée, cette fausse serveuse lui a offert de dormir à la maison... pour qu'elle se sente plus en sécurité! Vous imaginez? Une Femme en beige aurait veillé sur elle!

🔍

Dans la noirceur totale, Simon et Lili marchent parmi les pieds de maïs. À ce temps-ci de l'année, ils ne font que trente centimètres de hauteur. Comme cachette, on a vu mieux.

— Tu es bien sûre que c'était Clarine ? demande Simon.

— Cent pour cent sûre.

— Solide... Jamais j'aurais cru !

— Et moi, alors ?

Devant eux, ils distinguent les lumières de Grise-Vallée. Derrière, ils ne voient plus la maison de Martin Bieck. Le champ longe une autre ferme, puis se termine sur une route déserte. Aucun véhicule en vue.

Bien sûr, à cette heure de la nuit, tout le village et ses alentours dorment à poings fermés. Nul ne se doute que dans la chambre à coucher d'un simple facteur se déroule un important épisode de la saga du plus grand secret du monde.

Simon et Lili empruntent la route en direction de Grise-Vallée, sans remarquer qu'ils sont surveillés.

Des yeux, plusieurs mètres au-dessus d'eux, les suivent à la trace.

Deux urubus électroniques planent en silence dans la nuit. Ils n'ont rien raté des derniers événements. Mon petit doigt me dit qu'ils ne tarderont pas à s'impliquer dans cette aventure...

①⑥ Le câlin du vautour

Quatre-vingt-deux minutes après minuit.
Ce chapitre contient une offre qu'on ne peut
pas refuser.

Vous savez, ceux qui prétendent qu'il n'y a
rien de mieux dans la vie qu'une petite promenade de santé? Ces gens-là ne doivent pas
marcher souvent en plein cœur de la nuit, sur
un chemin de terre éclairé par rien d'autre
que la lune, avec à gauche un champ gris et
à droite une forêt noire, et derrière, la pos-
sibilité d'avoir des Hommes en beige à ses
trousses.

Simon et Lili pressent le pas. Disons-le:
ils joggent. Grise-Vallée est droit devant. En
maintenant cette cadence, ils regagneront la
civilisation dans une demi-heure.

— Poutine... On s'en est sortis aujourd'hui,
mais demain? Hein? Et demain? fait Lili, à
bout de souffle.

Simon ne répond pas. Bien sûr qu'il a
peur de la suite des choses, lui aussi. Les
Hommes en beige ne les laisseront jamais
tranquilles.

En trottant, il repense à Luis. *Pourvu
qu'il s'en sorte*, se dit-il. Sans Luis, que
deviendraient-ils? C'est vrai: presque chaque
fois qu'ils se sont retrouvés dans le pétrin, il
était là pour les sauver.

Sans Luis...

— Et Luis, tu y as pensé, à Luis? continue Lili.

Quelques pas derrière Simon, elle semble davantage se parler à elle-même. Simon ne répond toujours pas. Quelque chose le gêne. Il tâte la poche de ses jeans sur sa fesse gauche et saisit l'enveloppe d'argent.

Avec tout ça, il avait oublié qu'il trimballait une vraie fortune.

— Regarde ce que j'ai trouvé dans la chambre de Martin Bieck, fait-il en s'arrêtant pour que Lili le rejoigne.

— POUTINE! Qu'est-ce que c'est que ça?

— Il doit y avoir au moins vingt mille dollars, estime Simon en comptant rapidement les billets bruns. C'est la première fois que je vois autant d'argent de ma vie, dit Simon.

En effet, sa tante lui donne chaque année un billet de cinquante dollars à son anniversaire. Jusqu'à aujourd'hui, il s'agissait de la plus grosse somme qu'il avait portée sur lui.

— Qu'est-ce qu'on va faire de tout cet argent? demande Lili.

— Je ne sais pas.

Tout en marchant, Simon relève la tête pour regarder devant, puis soudain...

Il stoppe net.

Ils sont tombés sur une fourche. Mais ce n'est pas le pire.

Entre les deux routes qui se séparent se dresse une croix de bois faite avec des poteaux de clôture. Mais ce n'est toujours pas le pire.

Sur la croix est perché un énorme oiseau noir. Un urubu les observe en silence.

— Mon horoscope, dit Lili en devinant la suite.

— Oui... ton horoscope ! répond le volatile d'une voix que Lili reconnaît immédiatement.

Cet oiseau au bec crochu et au crâne rouge et nu a beau compter parmi les plus hideux représentants du règne animal... c'est Dorothée qui parle à travers lui.

— Maman ? fait Lili. C'est toi ?

— C'est moi, Lili. Je te parle à travers cet affreux robot. Je peux te voir grâce à ses yeux. Mon Dieu... tu es une jeune femme maintenant !

— Mais que fais-tu dans cet oiseau ?

— Je... C'est que... quelqu'un aimerait vous parler, à toi et à Simon.

L'urubu se pousse alors un peu, et du ciel arrive un second oiseau électronique, qui se perche sur la croix. Simon regarde autour de lui, espérant inconsciemment voir surgir Luis de la forêt.

L'oiseau se met à parler :

— Soyez sans crainte, mes chers amis, nous nous sommes occupés de Luis, poursuit l'oiseau, semblant lire dans les pensées de Simon. À l'heure qu'il est, il doit dormir comme un bébé. Personne, cette nuit, ne viendra à votre secours. Le mieux que vous avez à faire, c'est de m'écouter...

Pas besoin de présentations. Nos héros devinent que le second oiseau robotisé est contrôlé par la Dame. Tandis que l'urubu-Dorothée est en retrait, l'urubu-Dame déploie ses deux grandes ailes de type « ange de la mort ». Puis, il continue :

— Vous êtes ici à la croisée des chemins. Vous pouvez prendre à droite, ou alors à gauche. Sachant que les deux routes mènent à Grise-Vallée, laquelle prendrez-vous ?

Simon regarde Lili, qui jette un œil aux deux routes. Celle de droite mène au village en traversant un champ, tandis que celle de gauche s'enfonce dans un bois sinistre grouillant probablement de bestioles nocturnes. Le choix est évident.

— À droite, dit Lili.

— À droite, oui, renchérit Simon.

— EXCELLENT choix ! reprend l'oiseau en gloussant presque de joie. Pourquoi la droite ? Parce que le chemin est prévisible. On peut déjà apercevoir les lumières du village au bas de la côte. Si vous prenez à droite, il n'y a qu'un champ qui vous sépare du confort de votre lit. On ne peut pas en dire autant de la route de gauche. En plongeant dans les bois, vous pourriez avoir à marcher trois heures dans une forêt sombre avant d'arriver à Grise-Vallée. Le chemin de gauche est probablement jonché de surprises. De mauvaises surprises. Du coup, n'importe quelle âme dotée d'un minimum d'intelligence prendrait le chemin de droite.

Parce que tout le monde préfère les trajets sans mauvaises surprises.

— C'est tout ce que vous vouliez nous dire? lance Lili, frondeuse.

— En partie, dit l'urubu. Mais rappelez-vous: lorsqu'on s'est vus sur la butte au Wallon, je vous avais demandé de choisir votre camp.

— On s'en souvient, dit Simon.

— L'heure est venue pour vous d'annoncer vos couleurs. Et, puisque vous êtes dotés d'intelligence, vous savez que le meilleur choix, celui qui réserve le moins de mauvaises surprises, c'est de vous joindre aux Hommes en beige. En revanche, continuez à collaborer avec les Diffuseurs, et ce sera l'équivalent de vous rendre à Grise-Vallée en traversant cette forêt douteuse.

— Et nous devons choisir là, tout de suite? demande Lili.

— Vous devez choisir là, tout de suite, déclare l'urubu en refermant ses ailes.

Lili s'approche de Simon. Elle consulte en chuchotant et en cachant sa bouche avec sa main:

— On fait quoi?

— Moi, je te suis, répond Simon.

Après un moment de réflexion et trois grandes inspirations, Lili avance vers l'urubu. Puis, elle se retourne vers Simon.

— T'es sûr que tu me suis? lui demande-t-elle.

Elle a dans le visage la grimace que l'on fait lorsqu'on prend une gorgée d'un verre de lait laissé trop longtemps sur le comptoir.

— Sûr, dit Simon sans hésiter.

Lili se tourne à nouveau vers l'urubu.

— Je suis désolée, mais Simon et moi ne deviendrons jamais des Hommes en beige.

Sur la croix, l'urubu pousse un gémissement semblable au son d'une scie radiale, puis reprend son calme.

— Lili, Lili, Lili... fait l'oiseau en hochant son épouvantable tête nue. J'ai peut-être oublié de te mentionner ce détail : continuez d'aider les Diffuseurs et plus jamais tu ne reverras ta mère, Lili. N'est-ce pas, Dorothée ?

L'urubu-Dame se pousse alors un peu pour laisser l'autre parler.

— La Dame a raison, fait l'oiseau téléguidé par Dorothée. Je... je suis prisonnière ici, à Titor. Les horoscopes que je t'écris depuis quelques mois ont été dictés par la Dame. J'ai voulu toute ma vie révéler le plus grand secret du monde, Lili, mais j'ai perdu. Et, aujourd'hui, je risque de te perdre, toi aussi.

Lili écoute l'urubu parler tandis que des larmes de rage et de tristesse lui débordent des yeux. Elle ne veut plus rien entendre. Elle refuse de croire que sa mère, SA PROPRE MÈRE, vient de lui demander de se joindre aux Hommes en beige. Elle en veut à la Dame d'être aussi puissante. Elle en veut aux Diffuseurs de n'avoir pas su protéger sa mère.

Non, elle ne laissera pas la Dame lui voler sa mère aussi facilement. Elle se vengera, oui.

Mais pas ce soir.

Détournant son regard des deux oiseaux, Lili lève le menton. Elle tente de rassembler toutes ses forces pour conserver un semblant de dignité et avance en direction du chemin de droite. En passant près des urubus, qui ne l'ont pas quittée des yeux, elle glisse entre ses dents :

— Nous allons prendre le chemin le plus facile, celui qui mène directement à Grise-Vallée.

L'urubu contrôlé par la Dame s'envole et tournoie au-dessus d'elle.

— Dois-je comprendre que vous joignez les Hommes en beige ?

— Vous savez lire entre les lignes ? Alors, tirez-en vos propres conclusions ! laisse seulement tomber Lili.

— SAGE décision, Lili ! On se reverra bientôt... On se reverra bientôt, dit l'urubu en croassant de satisfaction. L'autre urubu prend aussi son envol et se pose juste devant Lili.

— Approche, ma chérie, fait l'horrible oiseau.

Sans comprendre, Lili s'approche de ce qui ne pourrait pas moins ressembler à sa mère. L'urubu-Dorothée déploie alors ses ailes et, maladroitement, enlace Lili. C'est un vautour répugnant qui la serre ainsi entre ses ailes, mais c'est encore le plus près qu'elle s'est trouvée de sa mère en deux ans. L'accolade se prolonge pendant une bonne minute. Ensuite, l'urubu recule et, sans rien dire, s'élève dans le ciel noir comme la suie.

Lili reste debout au milieu du chemin de terre. De son côté, Simon a cru bon s'accroupir sur le côté de la route. Pour réfléchir un peu. Il y a une minute, il était un Diffuseur. Maintenant, il est un Homme en beige. Il est un peu dépassé.

— Qu'est-ce que tu viens de faire ? dit-il. On est avec EUX, maintenant ?

— Oui.

— Mais... je ne comprends pas.

— Tu sais quoi ? Moi non plus, je ne comprends pas. Je ne comprends plus rien...

— Mais, alors pourquoi ?

— Parce que je veux revoir ma mère, Simon. Parce que je veux revoir ma mère...

En prononçant ces mots, Lili tombe sur les genoux et s'effondre en sanglots, la tête entre les mains. Et là, elle laisse sortir sous forme de larmes tout ce qu'elle a pu accumuler de frustration, de colère, de tristesse, de rage et de peur.

Simon s'approche d'elle et la serre dans ses bras. Lili en profite pour tremper son chandail à la hauteur de l'épaule.

Au bout d'un moment, Simon lui offre sa seconde épaule.

C'est pour ce genre de situation que les meilleurs amis possèdent deux épaules.

①⑦ L'heureuse gaffe

Cent dix-neuf minutes après minuit.
On apprend toujours de ses erreurs.

Vous l'aurez deviné, il était hors de question pour Simon et Lili de retourner chacun chez soi. Luis les avait bien avertis : « Cachez-vous jusqu'au lever du jour. »

Se cacher, d'accord, mais où, au juste ?

Simon a eu une idée. Une fois arrivés à Grise-Vallée, ils ont marché jusqu'au Rang 3, là où habite la seule personne susceptible de les héberger pour la nuit. Une personne digne de confiance, et suffisamment habituée aux choses bizarres pour ne pas trop poser de questions à deux amis qui viendraient le tirer de son sommeil en plein cœur de la nuit.

Simon et Lili, sur la pointe des pieds, frappent à la fenêtre d'une maison endormie.

Toc ! Toc ! Toc !

— Éric-François ! chuchote Lili. C'est nous, c'est Simon et Lili.

— Si on la cassait ? suggère Simon.

— Faudrait pas non plus exagérer.

En disant cela, ils entendent la fenêtre s'ouvrir.

— C'est nous, c'est Simon et Lili, reprend Lili.

Une tête échevelée apparaît. Éric-François Rouquin a les yeux minuscules.

Poser la question « Est-ce qu'on t'a réveillé ? »
est inutile dans les circonstances.

— Simon ? Lili ? Mais quelle heure est-il ?
Purée... Qu... qu'est-ce que vous faites ici ?

— On peut dormir chez toi ? lui demande
Lili sans tourner autour du pot.

$$Q$$

Éric-François a retiré la montagne de
vêtements sales sur sa chaise pour que Lili
puisse s'asseoir. Simon s'est assis sur le
bord du lit. Éric-François n'en finit plus de
se gratter nerveusement le cuir chevelu. Par
où commencer ?

— Vous allez m'expliquer pourquoi vous
êtes ici, à la fin ?

— On ne peut pas vraiment t'en parler,
dit Lili.

— Et vous voulez dormir ici ?

— Si possible.

— Vous ne pouvez pas dormir chez vous ?

— Idéalement, non.

— Mais POURQUOI ?

Simon touche l'avant-bras d'Éric-
François et déclare en fronçant les sourcils :

— On ne veut pas te causer d'ennuis, Éric-
François. Le moins tu en sais, le mieux c'est.

— C'est à cause du globe, c'est ça ? dit-il
alors.

Simon et Lili se regardent, surpris.
Mais Éric-François ne leur laisse pas le
temps d'ajouter quoi que ce soit. Il s'écrase

sur son lit et plonge la tête dans son oreiller.

— Je savais... Je savais bien... dit-il.

— Qu'est-ce que tu savais, Éric-François?

Celui-ci se retourne et se lève. Il se dirige vers sa garde-robe, et son long bras se met à farfouiller sur l'étagère du haut. Il en rapporte... un globe.

Simon et Lili le regardent, les yeux écarquillés. Se pourrait-il que...

— J'ai commis une bêtise, lâche Éric-François, honteux. Je n'ai pas pu m'empêcher de regarder dans votre colis, l'autre jour. J'ai compris qu'il ne s'agissait pas d'un globe ordinaire lorsque j'ai lu la lettre que Mme Bondier avait laissée dans le paquet.

— La lettre? fait Lili.

Éric-François ouvre le tiroir de son meuble d'ordinateur, soulève quelques piles de feuilles pêle-mêle et ressort une enveloppe qu'il tend à Lili.

— Le mot que vous avez lu dans le colis, l'autre jour... ben... c'était un faux. Le globe aussi, d'ailleurs. J'ai trouvé un vieux globe dans le local de géographie et je l'ai mis dans votre paquet à la place de celui-ci... Enfin... Voici ce que Mme Bondier vous avait écrit...

Lili ouvre l'enveloppe et lit la lettre en serrant les muscles de sa mâchoire. Simon s'approche pour lire par-dessus son épaule.

Lili, Simon,

Au moment où vous lirez ces lignes, je ne serai plus là. Ne vous inquiétez pas pour votre ami Charles... il est entre bonnes mains.

Dans cette boîte, vous trouverez le globe le plus précieux au monde. Lili, tu dois savoir de quoi je parle...

Lorsque je t'ai révélé l'existence du globe montrant Titor, je t'ai dit que celui-ci était conservé dans la voûte de l'usine de mon père.

C'était à moitié vrai.

À l'époque, j'avais réalisé une copie de ce globe. Je l'ai gardé tout ce temps dans mon bureau.

Maintenant, il est à vous. Il doit rester secret. Prenez-en grand soin. Vous êtes les seuls à pouvoir le protéger.

Adieu,
J. Bondier

Lili se met à rire. Elle ne peut plus s'arrêter. Simon ne comprend pas immédiatement. Éric-François, encore moins...

— Poutine... fait Lili. Tu as commis la plus belle gaffe au monde, Éric-François !

— Hein ?

— Cette lettre... ce globe... Si tu ne les avais pas volés, ils seraient perdus !

Éric-François s'attendait à n'importe quoi. Mais se faire remercier d'avoir mis son nez dans les affaires des autres ? Ça, non. Un peu ébranlé, il risque tout de même une question :

— Titor... c'est quoi exactement ?

Lili reprend son sérieux et attrape les mains du grand dadais. Elle le regarde droit dans les yeux.

— Sais-tu garder un secret, Éric-François?

— Oui, bien sûr, y a pas de soucis...

— Saurais-tu garder le plus grand secret du monde?

— ...

— Hein? Le saurais-tu?

— Lili... euh... tu me serres les mains un peu fort, là.

Lili lâche les mains du pauvre garçon et saisit le fameux globe perdu sur le lit. Il est en bien meilleur état que celui qu'ils ont trouvé dans leur colis. Il est lisse et, même s'il est sûrement vieux de plusieurs années, il a l'air neuf.

— Tout ce que je te demande, Éric-François, c'est de nous faire confiance. Oui, tu as raison... Simon et moi, nous avons vécu des choses... Des choses que tu ne croirais pas si je te les racontais.

— Mais non, mais non! Je vous croirai! Allez... raconte!

-- Écoute-moi. Il y a des jours où je préférerais ne pas savoir tout ce que je sais aujourd'hui. J'aurais aimé être comme toi, comme tout le monde. Ne pas m'en faire avec... tout ça.

— Je ne comprends pas.

— Et c'est très bien ainsi. Et parce que tu es notre ami, je te demanderai seulement d'oublier ce qui s'est passé cette nuit.

— Jamais je pourrai.

— Fais-moi confiance, Éric-François. Si tu n'oublies pas cette nuit, des gens viendront te voir et t'aideront à perdre la mémoire. Crois-moi, tu ne veux pas rencontrer ces gens.

— Quels gens?

— Des gens.

Éric-François s'écrase sur son lit et fixe le plafond pendant une longue minute. Simon et Lili l'observent sans rien dire. Puis, le maigrichon tourne son regard vers ses deux amis. Un regard humide et rouge de fatigue.

— Ça y est, j'ai tout oublié, dit-il.

①⑧ Ce qui s'est passé le lendemain

Quand le jour s'est levé, c'était le matin.

Lili et Simon ont dormi dans le lit d'Éric-François. Éric-François a dormi sur le tapis. Il a réveillé ses amis aussitôt que les premiers rayons du soleil sont entrés dans la chambre.

— Partez tout de suite, avant que mes parents se réveillent! a-t-il dit.

Courbatus par la nuit riche en aventures qu'ils venaient de vivre, Simon et Lili ont tout de même réussi à s'extirper des draps. Éric-François a ouvert sa fenêtre. L'instant d'ensuite, ils se retrouvaient dehors.

C'est encore l'aube. Ils marchent et marchent, comme des zombies.

— Alors, on est quoi? demande Simon. Des Jeunes en beige?

— Qu'est-ce que tu en penses? rétorque Lili.

— J'en pense que tout ça devrait te donner du jus pour ton livre.

— Ça, c'est sûr.

— Tu penses me le faire lire un jour, ce livre?

— Un jour... concède Lili en restant avare de détails.

— Ce sera quoi, le titre?

— Du livre? Je ne sais pas encore.

— *Le Plus Grand Secret du monde*, ce serait bien, non?

Simon se souvient très bien du livre qu'il a trouvé dans la chambre d'hôtel de Charles Fortan lors du congrès des journalistes[5]. Le livre du futur. Celui que Lili et lui doivent écrire un jour. *Peut-être*, pense-t-il, *que Lili n'a pas réalisé qu'elle était en train d'écrire CE livre*.

— Mouais... répond-elle. Mais j'avais surtout pensé à un titre plus subtil du genre *Le Cristal qui pousse*. Avec un titre comme *Le Plus Grand Secret du monde*, ce serait trop évident. Je veux dire, ça attire trop l'attention. J'ai plus envie d'écrire un livre comme un roman. Le secret serait caché dans le roman, si tu veux.

— Oui, mais... on ne le connaît pas encore, le secret.

— On le connaîtra bientôt. Surtout maintenant qu'on est des Jeunes en beige.

Simon comprend bien qu'ils n'ont pas rejoint les Hommes en beige, mais que pour l'instant il est plus sage de faire comme si. Comme ce proverbe qui dit: « Devenez ami avec vos ennemis », ou quelque chose du genre. Alors, soit. Il jouera le jeu. Jusqu'où cela les mènera-t-il?

Qui peut le savoir?

Presque tout Grise-Vallée fait la grasse matinée. Excepté un couple de retraités qui promènent leur chien. Excepté aussi un

---

5 Relire *Le Cratère*, tome 3, *La Tache des cauchemars*.

camelot qui distribue son journal en marchant au milieu de la rue. Le son lointain d'une trompette se fait entendre. Il s'agit sans doute du vieux soldat qui habite la rue Belmont. Tous les matins, il hisse son drapeau jusqu'au sommet du mât dans son jardin puis joue l'hymne national à la trompette. On ne peut pas démarrer une journée de façon plus solennelle.

Simon scrute le ciel gris. Aucun urubu en vue.

— On ne sait toujours pas ce qu'on fera de cet argent... rappelle Lili, qui parle bien sûr des vingt mille dollars trouvés par Simon dans la chambre de Martin Bieck.

— On pourrait commencer par acheter de la peinture... dit Simon, qui lui parle bien sûr du globe perdu qu'il trimballe dans un sac d'épicerie.

— Pas besoin d'en acheter, répond Lili. Je sais où en trouver.

Les deux marchent jusqu'au Via Lattea. Le café-crémerie est encore fermé à leur arrivée. Normalement, Clarine aurait dû ouvrir. Sauf qu'avec ce qu'on sait désormais, on risque davantage de voir des homards chanter du rock que de revoir son beau sourire dans les environs.

Or, si le Via Lattea n'est pas encore ouvert, c'est aussi parce que Vito et Clémence ne sont pas revenus de l'hôpital.

C'est vrai. Avec tout ça, Lili avait presque oublié qu'elle était désormais une grande sœur. Il faut dire que, jusqu'à présent, cela n'a pas vraiment changé son existence.

Ils entrent au Via Lattea et montent à l'étage, jusque dans la chambre du bébé. Sur le sol, un bidon de peinture couleur « crème française » (« beige », pour les intimes) semble attendre qu'on lui trouve un rôle dans cette incroyable aventure.

Lili lui retire son couvercle avec la tête plate d'un gros tournevis. Simon se charge de manier le pinceau.

Et c'est ainsi qu'après avoir été soigneusement enduite de « crème française », la surface du globe perdu (et maintenant retrouvé) révèle un minuscule point noir. À peine visible. Une chiure de mouche.

Et, sous le point, une inscription.

— Regarde, il y a une inscription sous le point, lance alors Lili (exactement comme je viens de le dire).

Elle se lit comme suit :

TITOR
Long.
36N 27' 23,88"
Lat.
179W 49' 27,18"

— Ce sont des coordonnées géographiques, devine Simon. Elles indiquent la position exacte de Titor sur la planète.

Ils passent un long moment à fixer cette piqûre sombre sur la surface beige du globe. Bien sûr, ni l'un ni l'autre n'a le moindre avion sous la main pour se rendre à Titor ce matin. Quoi qu'il en soit, ils ont la conviction d'avoir sous les yeux la pièce manquante du casse-tête que les Diffuseurs cherchent à compléter depuis si longtemps.

Puis, Simon dépose le globe sur la commode de la chambre du bébé et sort la liasse d'argent de sa poche.

Vingt mille dollars. On parle ici d'une fortune. On peut acheter une auto avec vingt mille dollars. On peut acheter la plus grosse télé HD en vente à la boutique d'électronique. On peut acheter un téléobjectif capable de photographier une puce derrière l'oreille d'un chien à un kilomètre de distance. On peut engager quelqu'un pour faire le ménage de sa chambre tous les jours pendant un an. On peut... on peut...

— Qu'est-ce qu'on va faire avec tout cet argent? demande Lili (pour la deuxième fois).

Simon passerait la journée à imaginer tout ce qu'il pourrait s'acheter avec ces billets. Mais Lili a un autre projet en tête.

— On devrait s'en débarrasser, dit-elle.

— Pardon? fait Simon, qui espère avoir mal entendu.

— On ne peut pas garder cet argent.

— Si tu ne le veux pas, c'est ton problème. Moi, je le garde!

— Je le veux aussi, cet argent. Mais il pourrait nous attirer des ennuis...

— ... Ou nous en éviter! Avec vingt mille dollars, on peut se payer un garde du corps.

— Tu blagues, là?

— Pas du tout.

Lili prend une profonde respiration, comme elle le fait toujours lorsqu'elle ne veut pas dire des choses qu'elle regretterait plus tard. Elle sait que cette galette attirerait l'attention des Hommes en beige. Et le globe perdu qu'ils viennent de retrouver devrait déjà suffire à la tâche.

— Donne-moi l'argent, fait Lili.

— Pourquoi?

— Je le veux.

— Je le garde.

— Bon. Alors, donne-moi ma part.

Simon n'a pas le choix. La moitié du butin appartient à son amie, comme de raison. Il ne veut pas s'en départir, mais elle a logiquement le droit de réclamer dix mille dollars. Il compte donc cent billets bruns et les tend à Lili.

— Qu'est-ce que tu vas faire de ta part?

— La même chose que toi. Je vais la donner à quelqu'un qui en a plus besoin que nous.

— Je n'ai jamais dit que je donnerais cet argent!

— Non, c'est moi qui te le dis. En fait, je te l'ordonne.

— Pffff. Tu n'es pas ma mère!

— D'ailleurs, ta mère serait sans doute très curieuse de savoir où tu as trouvé cet argent...

Simon ne répond pas.

— Je pense qu'on a de bonnes chances de décrocher la une du *Cratère*, dit Lili après un moment.

— On n'a pas trouvé de sujet...

— Faux. J'en ai un, moi. Et un bon.

⓵⓽ Ce qui s'est aussi passé le lendemain

Oui, je sais. Pas très inspiré, comme titre de chapitre.

Mettons cela sur le compte de la fatigue.

Heureusement, la fin approche.

Juste ouvrir les yeux est une torture. Charles Fortan a l'impression d'avoir une enclume accrochée à chacune de ses paupières. C'est lourd, une enclume.

En se réveillant, il découvre qu'il a le visage écrasé dans les coussins de mousse synthétique de la banquette arrière d'une minifourgonnette. Il se redresse en sursaut et réalise que le véhicule est en mouvement. Sauf que, curieusement, il vente fort.

Oui, il vente à décoiffer Elvis Presley, c'est tout dire.

En regardant par les fenêtres, il remarque que le jour n'est pas encore tout à fait levé. Le panorama a une teinte gris foncé à laquelle les lampadaires allumés ajoutent une touche jaunâtre.

Bob Paca se réveille à son tour.

— Qu'est-ce que c'est que ce vent? lance-t-il.

Les deux hommes, désorientés, ne se souviennent de rien. Comment sont-ils montés dans cette minifourgonnette? Vers quelle destination roulent-ils?

— Vous devez avoir les souvenirs en compote, entendent-ils alors.

Derrière le volant (parce que quelqu'un conduit le véhicule, si vous vous posiez la question), Luis les observe par le rétroviseur. C'est alors que Charles et Bob trouvent la source de cette étrange ventilation : le pare-brise de la minifourgonnette est absent et le véhicule roule à vive allure sur l'autoroute.

— Vous ne vous souvenez de rien, c'est normal, poursuit-il.

— Qu'est-ce qui s'est passé? demande Fortan.

Il a la sensation de parler avec un désert dans la bouche tant sa gorge est sèche. Il cherche de quoi boire autour de lui. Ne trouvant rien, il se contente de sa salive.

— Les Hommes en beige, ils vous ont endormis, continue Luis. Il s'en est fallu de peu pour qu'ils vous emportent avec eux. C'est fini, maintenant.

— Les Hommes en beige? Où ça? s'inquiète Bob Paca.

— Calme-toi, Bob. Ils sont loin à présent. Vous ne vous souvenez pas de la maison du facteur? Du globe perdu?

Fortan et Paca sondent leur mémoire à la recherche d'un indice. Rien. Ni l'un ni l'autre ne conservent le souvenir d'une quelconque maison de facteur, ni d'un globe perdu.

— Peu importe. Au quartier général, on a l'équipement pour rallumer vos souvenirs. En attendant, reposez-vous.

La minifourgonnette traverse un pont qui enjambe un fleuve. Une ville se dessine de l'autre côté, avec ses gratte-ciel illuminés et ses panneaux publicitaires géants qui promeuvent le bonheur de vivre à la campagne.

— Comment avez-vous pu échapper aux Hommes en beige, vous? demande Fortan à Luis.

L'homme aux lunettes de soleil regarde Fortan par le rétroviseur sans répondre immédiatement. Au bout de ce silence, il finit par laisser tomber:

— Vous savez, les Hommes en beige ne m'ont pas eu la première fois. Ils ne m'ont pas eu non plus la deuxième.

En disant cela, il soulève ses lunettes de soleil et laisse voir son regard aux deux compères assis sur la banquette arrière. Fortan et Paca frissonnent. Luis n'a plus seulement un œil noir, mais les deux. Deux billes couleur charbon au fond des orbites. Un regard à glacer le sang.

— Votre... votre œil... bredouille Paca.

— Je sais. Il a noirci beaucoup plus vite que prévu... À l'époque, mon autre œil avait mis plusieurs semaines à virer complètement au noir.

— Vous y voyez quelque chose?

— Tout est comme avant, sauf les couleurs.

— Les couleurs?

— Je ne les vois plus.

— Racontez-nous ce qui s'est passé, Luis, demande Charles Fortan.

— Reposez-vous.

— Où est le pare-brise?

— Reposez-vous.

Ce que Luis ne raconte pas, c'est la façon dont il s'y est pris pour échapper aux Hommes en beige. Bien sûr, dans la chambre à coucher de Martin Bieck, c'était prévu, ILS sont parvenus à entrer malgré les meubles qui bloquaient la porte. Charles, Paca et Luis se sont défendus, bien sûr. Mais les Hommes en beige avaient l'avantage de la force... et un gant qui endort.

Après que Charles et Paca sont tombés au combat, Luis a compris qu'il était inutile de s'acharner. Aussi s'est-il laissé endormir. Enfin, façon de parler, car le gant gris des Hommes en beige, pour une raison que Luis ignore, n'a aucun effet sur lui. Il lui cause des maux de tête monstrueux et des nuits de cauchemars épouvantables, mais c'est tout.

Il s'est donc laissé « endormir » et a joué le jeu. Les Hommes en beige ont pris Fortan, Paca et lui-même et ont quitté la maison de Martin Bieck.

Luis a attendu le meilleur moment pour se réveiller et faire la fête à ses kidnappeurs. C'est en fin de compte une fois dans la mini-fourgonnette qu'il a ouvert un œil. Avec la Femme en beige qui conduisait, un premier

Homme en beige sur le siège du passager et les deux autres sur la banquette arrière, il a tout de suite vu son avantage. Il pourrait les neutraliser un à un et ainsi sauver sa peau (et celle de ses amis).

Dans le coffre arrière, jeté là comme un vulgaire sac d'épicerie, il s'est redressé lentement en répétant son plan dans sa tête.

Tout devait se dérouler en moins d'une seconde. Chaque geste devait être précis et rapide. Rien ne devait être laissé au hasard.

Il a attendu que le véhicule prenne un virage pour agir. Le virage arriva et...

À la vitesse du son, il a ouvert la porte coulissante de la minifourgonnette, pendant que de son autre main il s'empressait de déboucler la ceinture de l'Homme en beige le plus près. Il l'a éjecté du véhicule en marche en le tirant par le collet.

L'autre Homme en beige à côté de lui n'a pas eu le temps d'être surpris que Luis l'éjectait à son tour.

Bien sûr, la chauffeuse de la minifourgonnette a freiné lorsque ses deux acolytes de la banquette arrière se sont retrouvés hors du véhicule. Luis avait prévu le coup.

Le freinage brusque était tout ce dont il avait besoin pour neutraliser l'Homme en beige sur le siège du passager. Celui-ci, qui n'avait pas bouclé sa ceinture, a été projeté vers l'avant. Son crâne a fracassé le pare-brise, qui a volé en éclats (le pare-brise, pas son crâne).

Le freinage a permis à Luis d'être projeté lui aussi à l'avant de la minifourgonnette. Il a cependant eu la présence d'esprit de s'agripper aux sièges pour éviter de subir le même sort que l'Homme en beige susmentionné. Une fois à l'avant, il n'a eu aucun mal à se débarrasser de Clarine : un solide coup de coude en plein dans la bouche, et c'était fait. Un coup, d'ailleurs, qui lui vaudra une dent en moins. Un trou dans son si beau sourire.

Il a ainsi pu s'installer derrière le volant. Voilà donc ce qui s'est passé.

Luis ne devrait pas traîner sur les routes. Les Hommes en beige ne tarderont pas à rappliquer. D'ailleurs, ces deux gros oiseaux dans le ciel qui le suivent depuis tantôt sont assez suspects. Et, à force de se colleter avec les Hommes en beige, Luis sait que dans les détails les plus anodins peut se révéler le pire.

Il doit se rendre au quartier général au plus tôt, et au plus tôt se débarrasser de cette minifourgonnette.

— LUIS ? entend-il dire.

Il regarde par le rétroviseur. Fortan n'est plus là. Il s'est déplacé sur le siège du passager.

— Luis ? répète-t-il.

— Qu'est-ce qu'il y a ?

— Vous étiez dans la lune, mon vieux. Je vous parle depuis tantôt.

— Désolé. Je pensais.

— Où allons-nous ?

— Au quartier général.

— Le quartier général des Diffuseurs?

— On ne peut rien vous cacher.

— Pourquoi on va là-bas?

— Pour vous présenter au reste du groupe.

Luis gare la minifourgonnette sur l'accotement d'une route qui longe un terrain vague à perte de vue. On devine que cet endroit était jadis occupé par une station-service. Les pissenlits ne poussent pas sur ce sol (sans doute contaminé). La station en tant que telle est un peu plus loin, sinistre avec ses fenêtres bouchées par des feuilles de contreplaqué. L'enseigne a été retirée depuis longtemps.

Luis observe deux gros oiseaux perchés sur la corniche de la station-service. Les oiseaux l'ont vu. Ce sont deux urubus, des oiseaux charognards qu'on rencontre rarement en ville. Leur présence ici ne lui dit rien qui vaille.

— C'est ici, le quartier général? demande Charles Fortan.

— Non.

— Alors, pourquoi on s'arrête? Des problèmes?

— Ces oiseaux nous suivent depuis Grise-Vallée. Ce n'est pas normal.

— Qu'est-ce qu'on fait?

— Restez ici.

Luis sort du véhicule et s'avance vers les deux urubus en boitant à cause de sa jambe artificielle. Il titube mais réussit tout de même à garder sa dignité. De dos, il ressemble à un vieux guerrier de retour du champ de bataille. Il marche le corps brisé, mais la tête haute.

Charles le regarde. Bob Paca aussi. Ils sont tous deux restés dans la minifourgonnette.

Sur ce terrain désolé, avec l'ambiance de fin du monde qui y règne, Luis a l'air d'un personnage tiré du film *Mad Max*. C'est un vieux film avec Mel Gibson. D'ailleurs, je vous le recommande. C'est un classique.

Les urubus, toujours sur la corniche, étirent leurs ailes mais, au lieu de s'envoler, viennent se poser sur le sol de poussière.

Luis arrête à environ deux mètres devant eux.

Maintenant, il est convaincu qu'il n'a pas affaire à des oiseaux ordinaires. Des urubus ordinaires se seraient envolés haut dans le ciel dès la seconde où la minifourgonnette s'est arrêtée sur ce terrain. Ces oiseaux-là ne sont pas normaux.

Aussi, Luis ne se sent pas ridicule de leur parler.

— Que voulez-vous?

Le premier urubu avance d'un pas tandis que l'autre reste en retrait. Il ouvre son bec crochu, et une voix de vieille radio se fait entendre.

— Le globe, dit l'oiseau.

— Je ne l'ai pas.

— Oui, vous l'avez.

— Je le cherche, comme vous.

— Alors, ne le cherchez plus.

— Ce n'est pas un oiseau qui me dira quoi faire.

L'urubu avance d'un autre pas, en signe de défi. Luis fait de même. Encore une fois, l'oiseau fixe Luis de ses yeux menaçants. Il susurre, d'une voix qui rappelle le son d'une feuille qu'on déchire :

— Laissez tomber... dit l'oiseau.

Luis regarde l'urubu, puis les alentours. Aucun autre oiseau en vue. Charles et Luis sont toujours derrière lui, dans la mini-fourgonnette. L'oiseau ne bouge pas d'une plume.

Dans une seconde, il ne bougera plus jamais d'une plume.

Dans un mouvement d'une incroyable rapidité, Luis attrape sa jambe artificielle par le soulier et l'arrache d'un coup. Puis, dans un geste sec, il flanque un coup de jambe à l'oiseau. En poursuivant son mouvement, il atteint l'autre urubu au crâne.

En voyant cela, Charles et Bob se redressent et se précipitent en direction de leur ami. Sur les lieux du carnage, ils trouvent un Luis qui se recueille, sa jambe artificielle dans la main, sur les carcasses des deux oiseaux. Celles-ci sont éclatées au sol, les circuits intégrés à l'air.

— On va les enterrer, dit Luis. Et après, on décampe. Les prochaines semaines risquent d'être décisives. Entre les Diffuseurs et les Hommes en beige, désormais...

... c'est la guerre.

②⓪ Et le gagnant est...

Le Cratère, vol. XI, n° 11

Miracle chez l'antiquaire

Après le vandalisme sauvage dont a été victime la boutique de globes terrestres anciens de Grise-Vallée, son propriétaire, Hans Auffwarion, se voyait déjà forcé de mettre la clé sous la porte. Mais un cadeau inattendu a tout changé...

Texte de Lili PICCIONE
Photo de Simon PRITT

Hans Auffwarion n'en menait pas large quand nous l'avons rencontré samedi dernier. Il venait de découvrir que, pendant son absence, quelqu'un s'était introduit dans sa boutique pour peindre en noir les globes de sa collection.

Qui a pu commettre un tel méfait? Nul ne le sait. Quel était son motif? Nul ne le sait exactement non plus.

Hans Auffwarion, comme à peu près toute la population de Grise-Vallée, assistait à la vente aux enchères des biens de Jacinthe Bondier. C'est pendant son absence que le crime a été perpétré. «Je croyais n'avoir que des amis, a-t-il dit.

Maintenant, je sais qu'on a toujours des ennemis…»

Tous les globes terrestres de la collection de M. Auffwarion, au nombre de quelques centaines, ont été barbouillés.

«J'étais certain que c'était fini. Ces globes, c'est tout ce que j'avais. Dans ma tête, je n'avais pas d'autre choix que de fermer boutique et de prendre ma retraite…»

C'est du moins ce que croyait l'antiquaire, démoli, avant le petit miracle qui s'est produit deux jours plus tard.

En ramassant son courrier ce matin-là, l'antiquaire a trouvé dans sa boîte aux lettres une enveloppe contenant pas moins de… vingt mille dollars!

«Avec l'argent, il y avait un mot qui disait: *Vous saurez sûrement y trouver une utilité*, a confié M. Auffwarion au Cratère. Je n'ai jamais acheté un billet de loterie, je n'ai jamais gagné le moindre concours. Et voilà que de l'argent me tombe du ciel. C'est inespéré. Les miracles existent!»

Avec cet argent, M. Auffwarion compte engager un expert en restauration pour qu'il nettoie la peinture sur chacun de ses globes. «Celui que j'ai engagé m'a certifié qu'il pourrait remettre mes globes exactement comme ils étaient… Je pense que d'ici deux ou trois mois je pourrai rouvrir ma boutique. »

La boutique de M. Auffwarion est une des seules au monde (au MONDE!) à se spécialiser dans les globes anciens. L'antiquaire a commencé dans le métier en collectionnant des globes en amateur. Avec le temps, il a voulu vendre certains globes pour en acheter d'autres, et c'est ainsi que son loisir est devenu sa carrière.

« J'ai été entouré de globes terrestres toute ma vie. C'est l'objet que je préfère ! Quand je vais mourir, je souhaite que ma boutique devienne un musée du globe terrestre... C'est mon plus grand rêve ! » a révélé M. Auffwarion.

Malgré son âge, il a toujours dans les yeux une sorte d'étincelle enfantine, et dans la tête mille et un projets... ◎

Q

— Trrrrrrrrès touchant, ton article, Lili, dit Laurence en déposant sur la table son exemplaire du *Cratère*.

— Tu es sérieuse ?

— Non, je ne suis pas sérieuse... Je continue de croire que le nôtre était cent fois meilleur !

— Que veux-tu : c'est le public qui a décidé !

— Le public, le public... Qu'est-ce qu'il connaît, le public ?

Je vous raconte ce qui s'est passé. Au moment de choisir quel texte ferait la une du *Cratère*, Lili et Laurence ont intercepté dans le couloir une élève de l'école. Une jeune fille de première secondaire, mais ce n'est pas important. Ç'aurait pu être n'importe qui. Toujours est-il que cette jeune fille de première secondaire a lu les deux textes en compétition : « Miracle chez l'antiquaire » de Lili et Simon, et « La vieille qui aimait les pyjamas » des jumelles-inversées-mais-de-noms-seulement.

Après un très court moment de réflexion, la jeune juge a posé le doigt sur le texte de Simon et Lili. Tout en s'empressant d'ajouter : « Ça y est ? Je peux y aller, maintenant ? »

Et c'est ainsi que le texte ci-dessus s'est retrouvé en première page d'un journal qu'on connaît bien.

Enfin.

Lili et Simon ont trouvé une excellente cachette pour le globe perdu : la garde-robe bordélique d'Éric-François Rouquin. Non seulement il y a là-dedans suffisamment de désordre pour qu'un globe terrestre passe inaperçu... mais l'odeur ! Ce mélange de chaussettes moites et de croustilles au fromage nacho ôte l'envie à quiconque d'aller y mettre le nez.

Éric-François a été plus qu'heureux d'aider Simon et Lili à cacher leur globe. Et il leur a bien promis : il ne posera aucune question.

Quant à Charles Fortan, Bob Paca et Luis, on ne les a plus revus depuis la nuit chez Martin Bieck. Lili se fait du souci pour eux. Simon aussi.

Sans eux, ils ne s'imaginent pas capables de percer le plus grand secret du monde. Surtout pas maintenant. On sait où se trouve Titor, d'accord. Mais comment s'y rendre? Comment, sans l'aide de Charles, Luis et Bob, deux jeunes de seize ans peuvent-ils atteindre une île perdue dans l'océan Pacifique?

C'est carrément impossible.

Lili consulte sa montre. Dix-sept heures, déjà. Elle range ses affaires dans son sac et se prépare à retourner chez elle. Elle fait vite. Elle a hâte de retrouver sa chambre, Vito, Clémence et...

— Alors, comment va le bébé? lance Éric-François, encore devant l'ordinateur de la salle de rédaction.

— Pour l'instant, elle dort vingt heures par jour. Le reste du temps, elle pleure. Un ange, répond Lili.

— Oui, mais c'est trognon, un bout de chou, quand même!

— Il n'y a pas plus *trognon*.

Lili fait celle qui s'en moque, du bébé, mais au fond elle l'adore. Je vous en reparlerai plus longuement un autre tantôt.

Je peux quand même vous dire que le soir, quand Lili berce la petite Micha (Micha, oui. C'est son nom. Je sais, on dirait une marque d'essuie-tout, mais c'est *vraiment* son nom), quand Lili berce Micha, elle lui raconte des histoires.

Une histoire en particulier. Celle d'une fillette qui se rend jusqu'à une île au bout du monde, sur le dos d'un oiseau, pour retrouver sa maman. Et lui faire un gros câlin. Puis s'endormir dans ses bras...